BBULMEDIA

http://www.bbulmedia.com

무림영주

武林領主

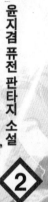

무림영주

윤지겸 퓨전 판타지 소설

武林領主

②

목 차

1장
담씨세가가 나아갈 길

"감히 나에게 이따위 짓을 하고도 네놈이 무사할 거라고 생각하느냐?"

느긋하게 움직이는 마차 안에 음침한 목소리가 울렸다.

"크크크, 내가 철문방의 소방주라는 사실을 알고도 이런 짓을 했다는 게 가장 기가 차는 일이지. 조만간 네놈의 그 시골 촌구석의 장원이 불타는 걸 구경하게 될 것이다."

목소리의 주인은 장운담이었다. 그리고 그가 노려보고 있는 이는, 맞은편에 앉은 담기령이었다.

하지만 기세등등한 목소리와는 달리, 그의 행색은 그 협박에 힘을 실어주지 못했다. 온몸이 결박당한 채 하는 협박이 소용이 있을 리가 없었다.

게다가 이가 부러져 나가고 턱뼈까지 망가져 얼굴이 퉁퉁 부은 채, 심각하게 새는 발음으로 하는 말 또한 그다지 무게감이 실리지 않는다.

"지금 나를 어디로 데려가는지는 모르겠지만, 내가 언제까지고 이렇게 붙잡혀 있을 거라 생각하면 큰 오산……"

결국 참다 못한 담기령이 입을 열었다.

"이보게, 응천이."

"예, 소가주님."

"저놈 입 좀 막게."

마차에 함께 타고 있던 기응천이 기다렸다는 듯 대답하고는 재빨리 장운담의 입에 재갈을 물렸다.

"읍, 으읍!"

장운담이 오만상을 찌푸리며 뭐라 소리를 질러댔다. 말을 못해서인지, 망가진 턱뼈 때문에 아파서인지는 알 길이 없다.

몇 번이고 소리를 질러대던 장운담이 포기했는지 결국 입을 다물고 질끈 두 눈을 감아 버렸다.

그러는 동안에도 마차는 쉼 없이 관도를 달렸다.

마차가 천천히 속도를 줄인 것은 거의 한 시진 정도를 달린 후의 일이었다.

"워, 워!"

마부석에서 말들을 달래는 소리가 들리는 듯싶더니, 이

내 마차가 완전히 멈춰서고 마부의 목소리가 들렸다.

"소가주님, 도착했습니다."

고개를 끄덕인 담기령이 천천히 마차 문을 열고 밖으로 나섰다. 그리고 자신이 타고 온 마차 맞은편에 또 한 대의 마차가 서 있는 것을 확인했다.

"양황전장에서 오신 분입니까?"

담기령의 말에 맞은편 마차의 문이 열리고, 한 사내가 밖으로 모습을 드러냈다.

풍채 좋은 사십대 장년의 남자였는데, 넉넉해 보이는 풍채와는 달리 날카로운 눈빛을 가진 이였다.

"오랜만에 보는구려, 담 공자."

풍채 좋은 사내가 아는 척을 하며 건네는 말에, 담기령의 두 눈이 잠시 이채를 띠었다. 하지만 그것도 잠시, 이내 반가운 표정으로 포권을 하며 인사를 했다.

"이 전주께서 직접 오실 줄은 몰랐군요. 그간 별고 없으셨습니까?"

사내의 정체는, 양황전장 구주부 총괄 전주인 이교번이었다.

담기령이 오늘 장운담을 데리고 이곳까지 온 이유는, 철문방과의 협상 내용을 마무리하기 위해서였다.

담씨세가는 지난 열흘 동안, 포로로 잡고 있던 철문방 무인들을 스무 명씩 나누어 처주부의 곳곳으로 데리고 가 풀어주었다. 그리고 마지막으로 남은 장운담을 송환하기 위해 온 것이었다.

"허허, 나야 별일이랄 게 있겠소이까? 그리고 내가 직접 와서 처리하는 것이 서로 편하게 일을 처리할 수 있을 것 같아 직접 왔소이다."

당연한 일이라는 듯 말하는 이교번을 보며, 담기령의 두 눈이 날카롭게 번뜩였다.

'그럴 리가 없지.'

그날 이교번이 공증을 서는 자리에는, 양황전장의 다른 인물들도 있었다. 그들을 보내도 충분한 일을, 전주가 직접 움직였다는 것은 다른 이유가 있다는 의미.

'뭐지?'

상인, 물건도 아닌 돈 자체를 거래하는 상인이 별다른 이득도 없는 일에 먼 길을 움직였을 리가 없었다. 하지만 짧은 대화만으로 그 의도를 파악하기는 힘들었다.

담기령은 애써 편안한 미소를 지으며 이교번의 말을 받았다.

"전주께서 직접 나와 주시면 저희로서는 부담스럽긴 하지만 확실하게 일을 마무리할 수 있어서 좋기는 하지요. 일단, 사람부터 받으십시오."

담기령의 말이 끝나고, 기웅천이 마차에서 장운담을 들쳐 메고 내렸다.

"허허, 사람을 좀 험하게 다루시는구려."

포박과 재갈을 확인한 이교번의 말에, 담기령이 아무렇지도 않은 듯 대답했다.

"제가 시끄러운 걸 싫어하는 성격이라 그리되었습니다."

말을 마친 담기령이, 뒤에 서 있는 기응천에게 슬쩍 눈짓을 했다. 그 눈짓을 받은 기응천이 장운담을 바닥에 내려놓고, 발목을 묶은 밧줄을 풀어주었다.

"으으으!"

장운담이 뭐라 소리를 지르며 두 발을 마구 내질러댔지만, 기응천은 이미 멀찍이 물러선 후였다.

"장 공자, 저쪽에 아는 분이 있지 않소?"

담기령의 말에 그제야 진정을 한 장운담이 볼썽사나운 모습으로 몸을 돌려 이교번을 보았다.

"으아, 으으으!"

그리고는 이교번을 알아보고는 반가운 눈빛으로 어울리지 않는 옹알이를 해댔다.

그 모습에 이교번이 잠시 눈살을 찌푸리더니, 자신을 따라 내린 두 사내를 향해 말했다.

"장 공자를 모시고 오게."

이교번의 말에 두 사내가 재빨리 달려가 장운담을 데리고 자신들의 마차로 돌아왔다. 그리고 재빨리 포박과 재갈을 풀었다.

"네놈을 절대 용서치 않을 것이다! 감히 철문방의 후계자에게 이딴 짓을 하다니! 담가의 모든 놈들을 하나하나 껍질을 벗기고 뼈를 발라주마!"

재갈이 풀리자마자 장운담이 버럭버럭 소리를 질러대기 시작했다. 하지만 재갈보다 훨씬 훌륭한 무언가가 그의 입을 틀어막았다.

"장 공자, 몸도 성치 않은 것 같은데 마차에 들어가 쉬는 게 좋지 않겠소?"

이교번의 말이었다.

"이 전주님, 지금 당장 검 한 자루 구해주십시오! 내 일단 저놈을 도륙낸 후에, 이 일에 대한 감사를 드리겠습니다!"

조금도 상황을 파악하지 못하는 장운담의 행태에 이교번이 와락 인상을 찡그렸다. 하지만 곧 표정을 풀고 한층 부드러운 목소리로 말했다.

"장 공자, 내 방금 안으로 들어가 쉬는 게 좋겠다고 말을 했소만?"

"그, 그것이!"

장운담이 경악에 찬 얼굴로 이교번과 담기령을 번갈아 보았다. 이교번은 양황전장의 구주부 총괄 전주였고, 철문방은 구주부의 패자였다. 당연히 긴밀한 관계를 가지고 있었고, 서로 얼굴도 볼 만큼 본 사이였다.

그런 이교번이 자신을 막아서니, 장운담으로서는 충격이 클 수밖에.

하지만 더 이상 반박할 수는 없었다. 가깝게 지냈다고는 해도, 철문방과 양황전장 사이의 우위는 분명히 양황전장 쪽에 있기 때문이었다.

"아, 알겠습니다."

기가 죽어 그렇게 대답한 장운담이 조심스레 마차 쪽으로 몸을 틀었다. 하지만 그대로 조용히 들어가기에는 아무래도 자존심이 상한 듯, 결국 발을 멈추고 담기령을 향해 으르렁거렸다.

"분명 후회하는 날이 올 것이다. 아니, 내가 반드시 그렇게 만들어주마."

그리고 이번에는 담기령 또한 그냥 넘어가지 않았다.

"장 공자가 내 앞에서 그렇게 함부로 주둥이를 놀릴 수 있는 것은, 오늘이 마지막이라는 걸 기억해 두는 게 좋을 거요."

"이, 이놈이!"

장운담이 또다시 뭐라 말을 하려 했지만, 뒤이어 날아든 이교번의 날카로운 눈빛에 이를 악문 채 마차 안으로 들어섰다.

장운담이 마차 안으로 들어간 것을 확인한 후, 이교번이 다시 사람 좋은 미소를 지으며 담기령에게 말했다.

"장 공자의 신병이 우리에게 넘어왔으니 이제부터 장 공자는 우리 쪽의 책임이 되었소. 또한, 지난번 그 전표는 지금 이 순간부터 사용하는 것이 유효하오."

"깔끔한 일처리에 감사드립니다."

"하하, 당연한 일이오. 이미 그렇게 약속을 했으니, 당연히 지켜야지. 그런데……."

이교번이 갑자기 은근한 목소리로 화제를 바꾸는 척하며 말꼬리를 흐렸다.

'본론인가?'

이교번이 직접 온 이유는 아마 이제부터 나오리라.

"담씨세가에서 조만간 좀 규모가 있는 일을 할 것 같던데……. 혹시 자금이 모자라지는 않소이까?"

"아!"

담기령의 입에서 조금은 허탈한 듯한 탄성이 새어 나왔다. 생각보다는 너무 단순한 이유인 탓이었다.

하지만 그로 인해 이교번에 대해서는 한층 더 경계심이 느껴졌다.

'철저하게 상인으로서 움직이는 자.'

이교번은 담씨세가가 철문방으로부터 은자 사십만 냥이라는 거금을 받아간 사실을 알고 있었다. 그리고 그 정도의 거금을 그냥 묻어놓기만 하지는 않으리라는 것 또한 예상할 수 있는 일이었다.

하지만 뭔가 큰일을 하려면 돈은 아무리 많아도 부족한 법이었다. 그러니 자신들이 돈을 빌려줄 수도 있다는 이야기를 하는 것이다.

기본 자금이 사십만 냥의 일이라면, 그만큼의 돈을 빌려줄 수도 있는 일이다. 확실하게 큰 성과를 낼 수 있다고 판단하자마자, 자신의 위치를 생각지 않고 직접 먼 길을 달려온 것이다.

아니, 자신의 위치를 생각하고 움직였다고 하는 편이 맞으리라. 양황전장의 전주가 직접 움직였다는 사실은, 그만큼 상대방으로 하여금 자신이 대접받고 있다는 느낌을 줄 수 있을 테니까.

'양황전장에서 저렇게 나올 정도라면······.'

이교번이 직접 왔다는 사실에, 담기령은 또 다른 것을 생각했다.

담씨세가의 현재 위치에 대한 것이었다. 돈을 굴리는 자는 확실한 일이 아니면 쉬이 움직이지 않는 법. 이교번이 직접 움직였다는 말은 그만큼 확실한 무언가가 있다고 생각했다는 반증이었다.

하지만 마냥 그렇게 생각하고만 있을 수는 없는 법. 담기령은 일단 이교번을 한 번 떠보아야겠다고 마음먹었다.

"하하, 처주부의 많은 문파들 중 하나에 불과한 우리 세가의 무엇을 보고 그런 생각을 하셨는지 모르겠군요? 철문방과의 전쟁에서 얻은 결과는, 운도 따랐고 준비를 많이 한 덕분이었는데 말입니다."

담기령의 말에 이교번 또한 두 눈을 날카롭게 번뜩였다.

'내 말에 대해서 부정하지는 않았다는 건, 분명 무언가 일을 준비하고 있다는 뜻인 동시에 우리에게도 여지를 주겠다는 의미렷다. 그렇다면 이왕 내친걸음이니 좋은 인상을 남겨 두는 것이 좋겠군.'

머릿속에 거기까지 계산한 이교번이 입을 열었다.

"단순히 철문방과의 전쟁에서 이긴 것만이라면 나도 그리 생각하지는 않았을 거요. 하지만 그 후, 철문방에 사십만 냥을 받아낸 그 수완을 보고 내린 판단이오."

때로는 가감없이 사실을 말하는 것이 훨씬 더 좋은 쪽으로 작용할 수도 있는 법.

이교번의 말에 담기령이 고개를 갸웃거리며 되물었다.

"하지만 그 사실을 아는 것은 이 전주님뿐입니다. 다른 이들은 그리 생각지 않을 텐데, 처주부의 작은 세가 정도로밖에 보이지 않는 우리가 돈이 있다고 해서 뭔가 큰일을 하기는 힘들지 않습니까?"

물론 담기령은 앞으로의 일들에 대해 많은 생각을 하고 있었다. 여러가지를 알아보고, 조사를 하며 큰 그림을 그리고 있는 중이었다.

하지만 그것을 여기서 말할 필요는 없었다. 지금은 그저 모호하게 얼버무리는 정도가 좋다.

"허허, 이거 왜 이러시오? 철문방 정도로 규모가 있는 세력의 동태는 상인들이 가장 먼저 눈치채는 법이오. 그곳의 물건은 물론 사람이 들고 나는 것에 가장 민감한 사람들이니."

그 말에 담기령은 자신의 생각에 확신을 품을 수 있었다. 현재 담씨세가의 위상은, 이전과는 확연히 다르다. 그리고 그것은 분명이 요긴하게 써먹을 수 있는 패였다.

하지만 오늘은 일단 여기까지가 좋다.

"그렇다면 저로서는 기분 좋은 일이군요. 알겠습니다. 혹시 세가에서 도움이 필요하다면, 이 전주께 제일 먼저 연락을 드리겠습니다."

"허허, 도움이라니 그 무슨 말씀이시오? 나는 그저 담씨세가가 필요하다면 거래를 하고 싶은 것뿐이오."

"양황전장과의 거래라면 우리로서는 분명히 도움이 되는 일이지요. 어쨌든 오늘 말씀 감사합니다."

"나야말로 고맙소이다. 아, 그리고…… 근 시일 내에 담씨세가의 가주님을 한 번 뵈었으면 하는데 괜찮겠소?"

이교번이 일단은 빌미를 만들어 두려는 듯 건네는 말에, 담기령 또한 흔쾌히 고개를 끄덕였다.

"이 전주님의 방문이라면 언제든 환영할 일이지요. 가친께 그리 말씀을 올리겠습니다."

"고맙소. 뭐 길가에 서서 이런 이야기를 길게 하는 것도 모양새가 좋지는 않으니, 조만간 한 번 정식으로 만나 이야기를 합시다."

"그러시지요. 그럼 살펴가십시오."

담기령이 포권을 하고, 이교번 역시 포권으로 인사를 한 후 마차에 올랐다.

이교번의 마차가 요란한 소리를 울리며 멀어지는 모습을 물끄러미 바라보던 담기령의 입가에 미소가 떠올랐다.

"철문방과의 일도 마무리되었으니, 이제 우리 세가의 일을 해야 되겠군."

담가숭택 가주의 집무실에 세 사람이 탁자를 사이에 두고 앉아 있었다.

담고성과 담기령, 담기명 세 부자였다. 그런데 담기령을 제외한 담고성과 담기명의 얼굴에는 묘한 긴장감이 흐르고 있었다. 지금 이 자리를 만든, 담기령이 전에 없이 진지하고 무거운 표정으로 아무런 말도 하지 않은 채 앉아 있는 탓이었다. 그것도 벌써 한 식경째.

그렇게 두 사람의 인내심이 한계에 다다를 쯤, 담기령이 담고성을 보며 입을 열었다.

"오늘 진지하게 논의하고 싶은 일이 있습니다."

담고성에게 그렇게 말을 하고는 담기명에게도 시선을 던

지며 입을 열었다.

"기명이 너도 내 이야기를 듣고 어떻게 생각하는지 말해 다오."

"알겠습니다, 형님."

담기명의 대답에 이어 담고성이 사뭇 진지한 표정으로 입을 열었다.

"무슨 이야기인지는 모르겠다만, 일단 한 번 들어보자꾸나."

"후우!"

담기령은 짧은 한숨과 함께 잠깐 뜸을 들인 후 말을 이었다.

"앞으로 우리 담씨세가가 나아갈 방향에 대한 것입니다."

"나아갈 방향?"

"예."

짧은 대답만 할 뿐 더 이상의 설명이 없는 담기령의 모습에, 담고성과 담기명이 서로의 얼굴을 보며 의아한 표정을 지었다. 저렇게 말을 던진다는 것은 뭔가 생각해 둔 바가 있다는 뜻인데, 그에 대해서는 말을 안 하니 그저 궁금한 기분만 들 뿐이었다.

아까부터 답답함을 참고 있던 담기명이 먼저 입을 열었다.

"나아갈 방향이라는 게 정확하게 무얼 말씀하시는 겁

니까?"

질문은 담기명의 입에서 나왔지만, 담기령은 담고성을 보며 대답을 했다.

"저는 언제까지고 이렇게 협소한 곳에 자리만 지키고 있는 것은 좋지 않다고 생각합니다."

"음!"

조금은 예상했던 이야기에 담고성이 침음성을 삼켰다. 하지만 얼굴에는 난감한 표정이 떠올랐다.

"사내가 그런 야망을 품는 것은 어찌 보면 당연한 일이다. 하지만 이곳 절강에서는 쉬운 일이 아니다."

담고성의 단정적인 태도에 담기령은 답답함을 느끼면서도 차분한 표정으로 말을 이었다.

"이유를 말씀해 주십시오."

"으음……."

담고성이 다시 한 번 침음성을 삼키며 고개를 끄덕였다.

"네가 집을 나갔을 때 나이가 열일곱이니, 당시에는 생각지 못했을 것이다. 그러니 일단은 이야기를 한 번 들어보아라."

"예."

"무림의 판도로만 따져봤을 때, 이곳 절강 무림과 남쪽의 복건 무림이 중원 전체에서 가장 무력이 약하다. 그리고 다른 성에 있는 큰 세력들도 절강이나 복건에는 자신들의 분타를 세울 생각을 잘하지 않는다. 그 '이유를 짐작할 수 있겠느냐?"

"왜구들 때문입니까?"

"그래, 왜구들. 그것이 첫 번째 이유다."

"하지만 가장 약하다는 절강 무림의 힘만으로도 왜구들을 막아내고 있지 않습니까?"

담기령의 반박에도 담고성은 별다른 표정 변화 없이 담담하게 말을 이었다.

"왜구와 산적들의 가장 큰 차이가 무엇이라 생각하느냐?"

"그것이……."

담기령이 바로 답을 내지 못하자, 담기명의 입에서 대답이 나왔다.

"산적들이나 마적들은 이 땅 안에 그들의 근거지가 있지만, 해적은 바다밖에 있습니다. 하지만 해금령 때문에 그들의 근거지를 칠 수가 없지요."

"그래 그것이 가장 큰 이유다. 아무리 놈들의 약탈을 막아도, 놈들은 끊임없이 이 땅을 약탈하러 들어온다. 그것도 아주 빈번하게 말이다. 그리고 또 한 가지. 산적들은 산속에서 길을 막고 통행료를 받는 정도로 그치는 놈들이 대다수지만, 왜구들은 마을로 직접 들어와 약탈을 하고 사람을 죽인다."

"으음……."

담기령이 천천히 고개를 끄덕였다.

'뒤가 불안할 수밖에 없는 상황이로군.'

사람들이 사는 마을, 그리고 현도나 부도 같은 번화한 곳은 무림 세력이 자리를 잡고 힘을 키우는 근간이었다.

그런데 왜구들은, 무림 세력과 이해관계가 얽힐 일도 없고, 협상도 가능하지 않은 존재였다. 게다가 뿌리 뽑는 것도 불가능했다.

그런 존재가 수시로 세력의 근간을 침탈한다는 것은 힘을 키우는 데 아주 심각한 문제였다.

거기에 더해서 잦은 약탈로 인해 양민들의 삶은 척박할 수밖에 없었다. 양민들의 삶이 척박하면, 그 삶의 공간을 근간으로 하는 무림 세력 또한 힘을 키울 수 없는 것은 당연했다.

"두 번째 이유는, 우리처럼 곳곳에 자리 잡은 작은 세력들 때문이다."

"그 말씀은?"

"너도 알다시피, 왜구들은 관의 힘만으로는 막을 수가 없다. 우리 같은 지방 세력들의 힘이 보태져야만 가능하다. 그것은 자연스럽게 지역 사람들과 깊은 유대관계를 만들게 된다."

담기령이 그 의미를 바로 알아듣고 입을 열었다.

"즉, 사람들과의 깊은 유대의 틈으로 파고들기가 어렵다는 말씀이십니까?"

민병으로서의 성격이 강한 절강의 작은 세력들은, 그 지역의 양민들에게는 자신들을 지켜주는 수호신과 다름없었다. 일부 세력들이 높은 소작료를 물리거나, 고리대를 놓는 식의 수탈을 자행하기는 했지만 그리 흔한 경우는 아니었다.

얼마 전 철문방이 담씨세가를 노리기는 했지만, 그때는 담유성도 함께 가담하고 있었다. 담유성이 담씨세가의 주인이 된다면 지역 사람들과의 유대감은 큰 문제가 아니었다. 거꾸로 말하면, 그런 경우가 아니라면 그 유대의 틈을 파고들기가 아주 힘들다는 말이다.

담고성이 고개를 끄덕이며 말을 이었다.

"그래, 네가 말한 대로다. 하지만 무엇보다 큰 이유는 따로 있다."

"무엇입니까?"

"명분이다."

담기령 또한 곧장 고개를 끄덕였다. 앞의 두 가지 이유보다 훨씬 더 중요한 문제였다. 아무런 명분도 없이 다른 세력으로 발을 들인다는 것은, 결국 욕심을 채우기 위한 패악질일 뿐이었다. 설사 한 세력 정도를 힘으로 누른다 해도, 다른 세력들이 손을 잡고 이쪽을 적대시한다면 답이 나오지 않았다.

고개를 끄덕인 담기령이 담기명에게 시선을 주며 물었다.

"네 생각은 어떠냐?"

"그것이⋯⋯."

담기명이 슬쩍 담고성의 눈치를 살핀 후에 조심스레 입을 열었다.

"현실적으로 힘든 일이라고 생각합니다. 하지만 그런 현실적인 문제와는 별개로, 우리 세가가 좀 더 힘이 있었으면⋯⋯ 하는 생각은 자주 합니다."

그 말에 담고성이 조금은 놀란 표정으로 작은 아들을 보았다. 가끔 울컥하는 기분에 일을 저지르기는 해도, 성향 자체는 순하고 큰 욕심이 없다고 생각했었는데 그런 생각을 했었다니 꽤나 의외였던 탓이다.

담기명이 또다시 아버지의 눈치를 살피며 변명하듯 말을 이었다.

"예전에는 그런 생각을 해본 적이 없는데, 감천방 놈들이 오면서부터 가끔 그런 생각이 들었습니다. 우리가 좀 더 힘이 있었다면, 저런 것들이 시비를 걸 엄두도 못 낼 텐데 하고 말입니다."

"크흠!"

담고성이 작게 헛기침을 하며 고개를 끄덕였다. 그러고 보면 작은 아들이 성질을 못참고 일을 벌인 것도, 감천방이

26

밀고 들어오면서부터였다.

담고성은 괜스레 미안한 마음에 연신 헛기침을 하며 물끄러미 천장을 쳐다보았다. 담씨세가가 원래부터 강대한 세력은 아니었지만, 아들의 그런 생각을 들으니 자기 탓인 것 같은 기분이 들었던 것이다.

담기명 또한 괜한 이야기를 했나 하는 생각에 죄스러운 기분이 들어 고개를 푹 숙였다.

그렇게 두 사람 사이에 어색한 분위기가 맴도는 찰나, 담기령이 입을 열었다.

"만약……."

서로 딴청을 피우던 담고성과 담기명의 시선이 담기령에게로 향하고, 담기령이 이야기를 이었다.

"왜구의 문제를 해결할 수 있다면요?"

담고성이 놀란 표정으로 아들을 보았다.

"무슨 수로 그런단 말이냐?"

담기명 역시 놀란 표정인 것은 마찬가지였다. 오랜 세월 골머리를 앓아오던 왜구 문제를 어떻게 해결하겠다는 건가.

하지만 담기령은 질문에 대한 대답은 하지 않고, 또 다른 말을 했다.

"지역 사람들과의 유대 관계도 만들면서, 각 세력들의 텃세도 피할 수 있다면요?"

이 역시 놀라운 말이다. 가끔 무림의 세력 싸움에 뒤져 절강성으로 밀고 들어온 힘있는 세력들도 하지 못한 일이었다.

하지만 담기령은 또다시 질문을 던졌다.

"그리고 명분까지 얻을 수 있다면 어떻겠습니까?"

"그, 그런 방법이 있단 말이냐?"

담고성이 말도 안 된다는 표정으로 아들을 보았다. 담기명은 너무 놀란 나머지 저도 모르게 피식 헛웃음을 터트릴 정도였다. 하지만 담기령의 표정은 더할 나위 없이 진지했다.

"절강성 전 지역은 힘들지만, 내륙 지방에 한해 방법이 있습니다."

조금의 웃음기도 없는 담기령의 말에 담고성과 담기명의 표정도 덩달아 진지해졌다. 정말 그런 방법이 있다면, 그 누구도 해내지 못한 일을 하는 것이었다.

하지만 담기령은 그 방법은 말하지 않은 채, 계속 다른 이야기를 했다.

"아니, 적어도 이곳 처주부 내에서는 반드시 그렇게 해야만 합니다."

"응?"

"지금 처주부 내에서의 상황을 생각해 보세요."

"그게 무슨⋯⋯."

"철문방과의 전쟁 당시, 다른 현의 문파들이 어떤 반응

무림
영주

을 보였는지 기억하시지요?"

담고성은 그 말에는 고개를 끄덕이면서도, 여전히 의도를 이해하지 못한 듯 고민스러운 표정을 지었다.

먼저 이해를 한 사람은 담기명이었다.

"지난번 일로 인해 다른 지역의 세력들과 더 이상 편안한 관계가 아니라는 말이군요?"

그제야 담고성 시선이 담기령에게로 향하고, 담기령이 고개를 끄덕이는 것이 눈에 들어왔다. 그리고 담기령의 설명이 이어졌다.

"이유가 무엇이었든, 처주부 안에서 우리 세가와 다른 여덟 곳은 그리 편안한 사이가 아닙니다. 즉, 예전처럼 웃으면서 교류할 만한 관계는 될 수 없다는 의미입니다."

"관계가 회복되기까지는 꽤 긴 시간이 필요하겠지."

"오히려 악화될 가능성이 농후합니다."

"악화?"

조금도 생각지 못했던 말에 담고성이 깜짝 놀란 표정을 지었다.

"이번 철문방과의 전쟁에서 우리는 대승을 거두었습니다. 그로 인해 우리는 실제 가지고 있는 힘보다 훨씬 큰 힘을 가진 세력으로 비춰질 수밖에 없습니다. 그렇다면 저들의 입장에서 우리가 어찌 보이겠습니까?"

"흐음, 도움을 주지 않은 데 대한 앙심을 품고 자신들을 공격하려 할 수도 있겠다고 생각하겠구나."

이유가 어찌 되었든 등을 돌린 것은 분명한 사실이었다. 그런데 그렇게 등을 돌린 상대가, 알고 보니 아주 강한 힘을 가지고 있다면 불안해지는 것은 당연한 일.

"단순히 불안해하는 데 그치지 않고 오히려 저들끼리 힘을 모아 우리를 압박하거나, 더 나아가서는 직접적으로 우리를 칠 수도 있습니다."

"으음……."

담고성이 심각한 표정으로 고개를 끄덕였다. 같은 불안감을 안고 있는 세력이 여덟이었다. 계속 불안하게 지내느니, 힘을 모아 그 원인을 제거하려고 들 가능성이 매우 높다.

저도 모르게 심각한 표정을 짓는 담고성과 담기명을 향해, 담기령이 힘을 주어 말했다.

"그러니 그 일이 일어나지 않도록 하기 위해서라도 해야 하는 일입니다."

"하지만 어떻게 그리한단 말이냐?"

담고성이 묻고, 그 뒤를 담기명이 이었다.

"아까 형님이 말한 그 방법이 무엇입니까?"

이번에는 담기령도 더 이상 다른 말을 하지 않았다.

"왜구들이 이곳 처주부까지 들어오는 길은 영녕강의 물길을 거슬러 오르는 것입니다. 그 길목을 막는 겁니다. 그

길목만 제대로 막을 수 있게 되면, 적어도 이곳 처주부 내에서만큼은 왜구를 걱정할 필요가 없습니다."

담고성과 담기명의 얼굴에 실망의 빛이 스쳤다.

"우리라고 그걸 왜 모르겠느냐? 하지만 그건 실행이 불가능한 일이다."

단정적인 담고성의 말에도 담기령은 조금도 물러서지 않았다.

"왜 그렇게 생각하십니까?"

"생각만 한 것이 아니라 시도해 보았었다. 그것도 처주부 아홉 문파 모두가. 하지만 얼마 지나지 않아 불가능한 일이라는 걸 깨달았다."

"이유가 뭐죠?"

맥이 풀린 담고성의 목소리와는 달리, 이유를 물어보는 담기령의 목소리는 매우 담담했다. 마치 이미 짐작하고 있는 듯한 반응.

"돈이다."

"그럴 거라고 생각했습니다."

아니나 다를까, 담기령은 예상했다는 듯 바로 고개를 끄덕인 후 말을 이었다.

"하지만 지금 우리에게는 그걸 해결할 방법이 있습니다."

"방법이?"

급히 되묻던 담고성이 뭔가 떠오른 듯 이번에도 실망한 표정으로 말했다.

"철문방에서 받아낸 사십만 냥을 말하는 거라면, 그 역시도 어렵다. 그 준비를 하는 데는 충분한 비용이지만, 왜구들이 사라지지 않는 한 끊임없이 유지비를 쏟아부어야 하는데 그 돈으로는 어림도 없다."

"아닙니다."

"음?"

"은광이 있지 않습니까?"

담기령의 말이 끝나기가 무섭게, 담기명의 벌떡 자리에서 일어섰다.

"형님!"

"왜 그러느냐?"

"지금 잠채를 하시려는 겁니까?"

잔뜩 긴장한 표정으로 묻는 담기명을 향해 담기령이 천천히 고개를 저었다.

"언제든 문제가 될 수 있는 그런 방법은 쓸 생각은 없다. 우리는 어디까지나 정당한 방법으로 그 은광을 이용해야 한다."

"어떻게요?"

담기령은 황급히 묻는 담기명에게서 시선을 돌려 담고성을 향해 물었다.

"말하기 전에 한 가지 여쭙고 싶은 것이 있습니다."

"무엇이냐?"

"광맥을 발견하여 관에 고한 사람은, 원할 경우에 그 채굴권을 얻을 수 있다고 알고 있습니다만…… 확실한 부분인가요?"

"물론이다. 하지만 채굴권을 얻는다고 해도, 그 은광을 채굴하는데 드는 비용이……."

광맥을 발견해 그것을 발굴하려면 당연히 사람이 있어야 하고, 장인들 또한 필요했다. 게다가 은은 금에 비해 정련이 힘든 광물이었다.

"그 부분은, 관부의 협조를 얻을 생각입니다."

"관에서? 채굴권을 줬는데 채굴까지 관부에서 도와줄 리가 없지 않느냐?"

"도와줍니다."

"어째서?"

"은광에서 얻은 이득을, 처주부의 왜구 문제를 해결하는 데 쓸 거라고 말할 생각이거든요."

담고성과 담기명은 동시에 애매한 표정을 지었다.

충분히 가능성이 있는 일이었다. 처주부 지부(知府)의 입장에서 볼 때, 자신이 지방관으로 있는 부(府)의 가장 큰 골칫거리 중 하나인 왜구 문제가 사라진다면 그것은 분명 자신의 공적이 될 일이었다.

그러니 채굴을 통해 왜구의 문제를 해결하겠다고 하면, 관에서 지원해 줄 가능성이 충분했다.

　하지만 그것은 어디까지나 지부가 담씨세가에 왜구 처리를 맡긴다는 전제하의 일이었다. 처주부에 있는 아홉 개 세력 중 하나일 뿐인 담씨세가의 무엇을 믿고 그 일을 맡긴단 말인가.

　두 사람의 그런 생각을 읽은 담기령이 답답한 표정을 지었다.

　"얼마 전까지의 우리는, 분명 처주부의 아홉 개 세력 중 하나일 뿐이었습니다. 하지만 지금은 아닙니다. 구주부의 패자인 철문방의 공격을 막아냈습니다. 다시 말해, 현재 우리 세가의 위세는 이전과는 다릅니다. 물론 스스로를 과대평가하는 우를 범하자는 것은 아닙니다. 또한 우리가 아주 강하다고 착각해서도 안 됩니다. 하지만 주위에서 보는 우리의 모습은 이전과는 분명히 다르지요. 그러니 아직 그 일로 인한 후광이 남아 있을 때, 그것을 이용할 필요는 있습니다."

　담고성과 담기명의 얼굴에 얼떨떨한 표정이 떠오른다. 담기령은 철문방에 갔다 오는 길에 높아진 자신들의 위상을 확인할 수 있었지만, 세가 내에서 이런저런 일들을 처리하느라 바빴던 두 사람은 그것을 실감하지 못하는 탓이다.

　하지만 가만히 생각해 보면 크게 소문이 날 일이기는 했다. 왜구의 노략질을 빼면 이렇다 할 일이 없는 처주부 내에서, 담씨세가가 철문방을 물리친 일은 아주 커다란 사건이 분명했다.

'가능할까?'

담고성이 꽤나 마음이 흔들리는 듯 조금은 기대하는 표정으로 담기령에게 물었다.

"그렇다면 물길을 막는 데 필요한 인력은 어찌할 생각이냐?"

"다른 문파들의 협조를 받아야지요."

"다른 문파들의 협조? 그들이 우리에게 힘을 보태겠느냐?"

"물길을 막는다는 것이 어떤 의미인지 생각해 보세요."

"아!"

담고성이 저도 모르게 입을 반쯤 벌리며 탄성을 터트렸다. 그리고 담기명이 그 의미를 조금 늦게 깨닫고는 확인하든 물었다.

"처주부의 모든 물류가 영녕강을 통해서 이루어진단 말씀이지요?"

처주부의 지형은, 사방이 산으로 둘러싸여져 있는 형태였다. 즉, 처주부에서 밖으로 나가기 위해서는 반드시 산을 넘어야 한다는 뜻.

그리고 산을 넘는다는 말은 많은 물량을 운송하기가 힘

들다는 말이다. 그렇기 때문에 처주부 대부분의 물류는, 영녕강 물길에 의존해야 했다.

물길을 막는다는 것은 밖에서 들어오는 왜구를 막는다는 의미 외에, 드나드는 모든 물류가 담씨세가를 거쳐야 한다는 의미였다.

왜구를 막는다는 명분과 동시에 물류의 흐름을 통괄하는 막강한 권력까지 쥐게 된다는 뜻. 즉, 영녕강으로 들어오는 입구를 막고 통행세 명목으로 돈을 받을 수 있다.

하지만 담고성은 워낙 걱정이 많은 성격이었다.

"하지만 우리가 산적, 수적들이나 하는 짓을 한다는 건 아무래도 문제가 있다. 그렇게 하면…… 다른 문파들이 반발하지 않겠느냐?"

"그러니 그전에 관에 협조를 구하는 겁니다."

"또 어떤 협조를 구한다는 말이냐?"

"왜구를 막는 그 시설의 유지비를 그곳에서도 충당할 수 있도록 허락을 받는 거지요."

"그러니까, 네 말은 확실하게 관을 등에 업겠다는 말이냐?"

"맞습니다. 그리고 우리에게 협조하는 문파들에는 그것을 면제해 주는 거지요."

담씨세가를 제외한 다른 문파들은 따로 표국이나 상단을 운영하고 있었다. 담씨세가가 물류를 틀어쥔 채, 그 통행료

36

를 받게 되면 그들로서는 부담스러울 수밖에 없는 일이었다.

그런데 인력을 지원해 주는 문파에 한해 통행료를 면제해 준다는 것은 구미가 당기는 일이었다. 다른 일도 아닌 왜구를 막는 일에 협조한다는 명분까지 챙길 수 있었다.

"흐음……."

담고성이 저도 모르게 고개를 주억거렸다. 지금 한 말대로 진행할 수 있다면, 다른 문파들의 반발을 잠재우고 협조를 얻을 수 있으리라.

그때 담기명이 큰 목소리로 외쳤다.

"아버지!"

그리고 담고성이 뭐라고 대답을 하기도 전에 흥분한 목소리로 말을 이었다.

"해야 합니다. 아니, 이렇게 한다면 분명히 할 수 있어요!"

왜구를 막는 동시에 명분을 얻고, 처주부에 있는 양민들의 인심까지 얻을 수 있는 방법이 분명했다.

담고성 역시 이미 마음이 많이 기운 듯한 표정이었다.

"령아."

"예, 아버지."

"네가 말한 이 일은, 우리 세가의 모든 것을 쏟아부어야 하는 일이다. 즉, 실패할 경우에 어찌 될지는 너도 예상하고 있을 게다."

"알고 있습니다."

"할 수 있겠느냐?"

갈등을 느끼면서도 한편으로는 혹시나 모르는 기대를 품고 있는 담고성을 향해, 담기령이 확신에 찬 두 눈으로 말했다.

"할 수 있습니다."

담고성이 마음을 다잡는 듯 깊게 심호흡을 한다. 그의 두 눈에 떠올랐던 동요가 천천히 가라앉았다. 그리고 묵직한 목소리가 나지막이 방 안에 울렸다.

"해보자꾸나."

담고성의 결심에 담기령이 한층 밝아진 표정으로 말했다.

"그럼 일단 은광에서부터 시작하지요. 아무래도 용천현의 지현에게서부터 위로 올라가야겠죠?"

"그래야지."

"아, 그전에…… 용천현 지현의 성격은 어찌 됩니까?"

일단은 이곳을 관할하는 지방관의 성격을 먼저 알아야 했다. 혹여 탐욕스러운 성격이라면, 상부에 보고하지 않고 자신이 은광을 차지할 가능성도 있으니 미리 준비를 해야 하기 때문이다.

"흠, 그것이……."

담기령의 물음에 담고성이 마치 어려운 문제를 받았다는 듯 고심하는 표정을 짓더니, 짧게 한마디했다.

"소심하다."

2장
도약을 위한 준비

"하아!"

폐부 깊숙이 자리 잡은 무언가를 죄다 토해낼 정도로 깊은 한숨이 새어 나온다.

"흐어어어!"

한숨 뒤를 이은 것은 앓는 듯한 신음이었다.

나이는 사십대 중반쯤 되었을까. 희끗해지기 시작하는 머리와 팔자 수염을 가진 심각하게 마른 사내가, 두 눈 한가득 걱정을 담은 채 또다시 한숨을 내쉬었다.

"윽!"

그러다 갑자기 두 손을 배를 움켜쥐더니 벌떡 자리에서 일어나 방을 박차고 나가 측간을 향해 질주를 시작했다.

"아이고, 죽겠네."

비명을 지르며 측간에 쭈그리고 앉아 일을 마친 사내가 비틀거리며 다시 자신의 방으로 힘겨운 걸음을 옮겼다.

사내의 이름은 허중선, 정칠품의 지방관으로 절강성 처주부 용천현의 지현(知縣)이었다.

"하아!"

자신의 방으로 돌아온 허중선이 다시 한 번 깊은 한숨을 내쉬었다. 며칠째 속이 쓰려 잠을 제대로 자지 못한 탓에, 눈두덩이 밑이 시커멓게 변하고 볼이 홀쭉해질 정도였다.

"담씨세가 이놈들은 왜 그딴 걸……."

그리고 마침내 입에서 나온 말은, 용천현의 토호 중 하나인 담씨세가에 대한 성토였다.

가깝게 지냈던 담씨세가의 가주 담고성이, 허중선을 찾아온 것은 닷새 전의 일이었다. 그런데 평소 좋게 보았던 담고성이 난데없이 재앙 덩어리 하나를 던지고 간 것이었다. 바로, 채굴하지 않은 광맥을 발견했다는 말이었다. 그것도 철이나 동이 아닌 은광의 광맥이었다.

허중선의 속쓰림이 시작된 것이 바로 그때부터였다.

"하아!"

생각을 하니 또다시 깊은 한숨이 새어 나왔다.

허중선은 자신의 삶에 아주 만족하며 사는 사람이었다. 정칠품의 지현이라는 자리 또한 아무런 불만이 없었다.

그저 자리를 지키며 별다른 일 없이 편안하게 지내고 나라의 녹을 받으면서 살아가는 것이 그의 삶의 목표였다. 특별히 더 높은 자리에 오르겠다는 권력욕도 없었고, 재물에 대한 욕심도 그리 많지 않았다.

제대로 뇌물 한 번 받아 본 적도 없었다. 하지만 딱히 청렴한 사람이라서 그런 것이 아니라, 지독하게 소심한 성격 때문이었다.

뇌물을 받았다가 잘못해서 걸리기라도 하는 날에는, 그 뒷감당을 할 자신이 없기 때문이었다.

그러니 백성들에 대한 수탈 같은 것도 없었다. 그저 큰 문제 없는 일상이 계속 이어지는 것이 그의 바람이었다.

가끔 지방의 유지들이 뇌물이라고 할 것도 없는 선물을 보내곤 했는데, 그는 그것만으로도 충분히 기뻐하고 만족하며 살아왔다.

그런데 난데 없이 은광이 나타났으니 며칠째 신경이 곤두설 수밖에.

일단 발견되고 채굴이 시작되는 광맥은 모두 나라의 소유였다. 당연히 나라에서 정해주는 채굴량이 있었다. 하지만 광산이라는 것이, 파낸다고 무조건 광물이 나오는 것이 아닌 바, 제대로 채굴량을 맞추는 것은 꽤 힘든 일이었다.

그리고 파내면 파낼수록 매장량은 줄어드니, 시간이 지날수록 채굴량을 맞추기 힘들어지는 것은 당연지사.

문제는 채굴량을 맞추지 못할 경우, 그 책임이 해당 지역의 지방관에게 돌아간다는 것이다. 채굴한 광물을 빼돌렸다는 의심을 받는 것은 뻔한 일이고, 자칫 잘못 엮이면 죄가 없어도 삭탈관직에 하옥은 기본, 형장의 이슬로 사라질 수도 있었다.

그러니 소심하기가 천하제일인 허중선으로서는 걱정에 잠을 이룰 수 없었던 것이다.

그렇지 않아도 용천현에는 이미 몇 개의 광산이 있었다. 처주부 자체가 산지로 둘러싸여져 있고, 곳곳에 크고 작은 산들이 즐비한 탓에 광산 또한 많았던 것이다.

그곳들을 관리하는 것만으로도 숨이 찰 지경인데, 은광까지 추가가 되면 또 얼마나 신경이 곤두서겠는가.

하지만 굳이 그가 고민할 필요도 없이, 어찌해야 할지 이미 결론은 나 있었다.

상부에 보고하지 않고 담씨세가와 작당해 잠채를 하겠다는 생각은 꿈에서도 해본 적이 없었다. 당연히 상부에 보고를 해야 했다.

하지만 보고를 하자니 걱정이 너무 앞서 아직까지 보고를 하지 못하고 있는 것이었다.

"하아, 담 가주가 그런 사람이 아닌데……."

담고성을 탓할 일이 아니라는 건 알고 있었지만, 소심한 성격에 괜히 그런 마음이 드는 것은 어쩔 수가 없었다.

"지난번, 가친께서 지현께 보고를 올린 은광 문제로 고심을 하고 계신 듯하여 이렇게 찾아뵈었습니다."

"그걸 알고 있으면 아예 그런 보고를 하지 말 것이지!"

허중선이 대번에 신경질을 내며 버럭 소리를 질렀다. 하지만 담기령은 이미 예상하고 있었다는 듯, 담담한 목소리로 말을 이었다.

"그래서 대인의 고민을 좀 덜어드릴 수 있을까 하여 이렇게 찾아뵈었습니다."

"음? 어, 어떻게 말이냐?"

허중선의 얼굴이 대번에 밝아졌다. 담기령은 참으로 알기 쉬운 사람이라는 생각을 하며 이야기를 풀었다.

"사실, 대인께서 상부에 은광을 보고하시면 조금 난처한 상황이 올 수도 있다는 생각은 하였습니다. 하지만 용천현의 지현이신 대인을 거치지 않고 처주부 부청이나 절강포정사에 저희가 바로 보고를 올리는 것 또한 대인을 무시하는 처사인지라 일단 보고를 올렸었습니다."

"큼, 크흠……."

허중선이 헛기침을 하며 슬쩍 고개를 돌렸다. 담기령이 말한 대로, 그들이 현청을 거치지 않고 더 상부에 바로 보고를 올리면 자신에게 분명히 문제가 있기 때문이었다.

"그래서 무슨 말이 하고 싶은 겐가?"

"대인께서 고민이 깊으신 듯하여, 한 가지 제안을 하고 싶어 찾아뵈었습니다."

"무언가?"

"대인께서 허락해 주신다면 제가 직접 처주부 부청으로 가서 지부(知府) 대인을 만나 은광에 대해 이야기를 하고 싶습니다."

순간, 허중선이 미간에 주름을 접으며 담기령을 위아래로 훑어보았다.

소심하기는 해도 제대로 과거를 거쳐 지방관이 된 허중선이었다. 지금 담기령이 하는 말이 무슨 뜻인지 모를 리가 없었다.

"담씨세가에서 직접 채굴을 하겠다는 말인가?"

"그렇습니다."

바로 되돌아온 담기령의 대답에 허중선의 얼굴이 눈에 보일 정도로 밝아졌다.

담씨세가에서 직접 채굴을 한다면, 그 책임은 곧 담씨세가로 넘어가게 된다. 게다가 자신이 아닌 처주부 지부와 이야기를 한다면, 지현인 자신은 그 일에서 완전히 발을 빼는 것이 가능했다.

다시 말해, 은광에서 무슨 일이 생겨도 자신은 아무런 탈이 생기지 않는다는 의미.

"허허, 담씨세가에서 황제 폐하를 위해 그렇게 큰일을 자청하다니 참으로 큰 결심을 하였네."

신경질을 내던 아까와 달리 기꺼운 표정으로 만면에 웃음을 짓는 허중선의 모습에, 담기령 또한 환한 미소를 지으며 말했다.

"그렇다면 허락을 받을 걸로 보아도 되겠습니까?"

"이를 말이겠는가? 내 직접 지부 대인을 만날 수 있도록 소개장을 써주겠네."

"감사합니다."

"말이 나온 김에 당장 처리를 하지. 지필묵을 가져오너라."

허중선의 말에, 멀찍이 떨어져 서 있던 하인이 재빨리 지필묵을 들고 왔다.

붓에 먹물을 듬뿍 찍은 허중선이 꼼꼼한 필체로 길고 구구절절한 이야기를 써 내려갔다.

'소개장도 성격만큼이나 소심하군.'

담기령은 종이 위에 하나하나 채워지는 글귀를 보며 저도 모르게 피식 미소를 지었다.

몇 번이나 종이를 갈아대며 문장을 고쳐 쓰던 허중선이 마침내 소개장을 완성했다. 그리고 먹물이 마르길 기다린 후, 가장 아랫 부분에 자신의 직인을 꾹 찍었다.

"여기 있네."

허중선이 반듯하게 접은 소개장을 내밀고, 담기령이 그것을 받아 조심스레 품 안에 넣었다.

"감사합니다."

"허허, 나한테 감사할 일이 뭐 있나? 이제부터 담씨세가에서 노력을 해야 할 일인데."

허중선이 완전히 밝아진 얼굴로 웃음까지 흘리며 말했다. 며칠 동안 고생시켰던 속쓰림이 거짓말처럼 사라진 참이었다. 허중선은 오늘은 제대로 된 식사를 할 수 있을 것 같다는 생각에 더욱더 마음이 편안해졌다.

"어?"

오시(午時) 말경, 저잣거리에 잠깐 동안 사람이 뜸해지는 때였다. 소면으로 점심을 때운 후, 몰려오는 식곤증에 몸을 맡긴 채 멍한 표정으로 짧은 망중한을 즐기고 있던 오평안이 흠칫 놀란 표정으로 실성을 흘렸다.

갑자기 나타난 한 무리의 사내들 때문이었다. 어림짐작으로 봐도 쉰 명은 될 것 같은 장한들이, 똑같은 남색 무복에 하나같이 허리춤에 칼을 차고 오와 열을 맞춰 길을 따라 성큼성큼 걷고 있었다.

'저건 또 뭐지?'

나른하게 쏟아지던 식곤증이 단번에 싹 달아났다.

'감천방 놈들이 없어진 지 얼마나 됐다고 또……..'

어떤 놈들인지는 몰라도, 또 여기가 자기 구역입네 하며 설치고 다닐 모습이 눈에 선했다.

그러는 사이 칼을 찬 사내들이 사라지고, 길을 가운데 두고 마주 보며 늘어선 점포에서 사람들이 하나둘 나오기 시작했다.

포목상의 점원인 오평안도 이때다 싶어 자리에서 일어섰다. 몰려오던 졸음도 달아난 참이니, 무슨 일인지나 알아두어야겠다는 생각에서였다.

모여 있는 사람들의 면면을 훑던 오평안의 시선이, 찾던 얼굴을 보았는지 한 곳에 멈췄다. 저자 제일의 소식통인 소금가게 유춘이었다.

오평안이 냉큼 유춘이 있는 자리에 비집고 들어가며 급한 목소리로 물었다.

"뭐야, 저놈들은 또 뭐하는 놈들이야?"

오평안은 입으로는 그렇게 물으며, 함께 모여 있는 이들의 얼굴을 슬쩍 살폈다. 오평안을 포함해 모두 여섯 명이었는데, 유춘을 제외한 나머지는 오평안과 비슷한 표정들이었다. 아마 한껏 빼기고 싶어진 유춘이 아직 입을 열지 않은 모양이다.

그때 그릇가게 장삼이 고개를 갸웃거리며 중얼거렸다.

"근데 얼굴이 왠지 낯이 익던데? 예전에 봤던 담씨세가 무인들 같기도 하고……."

새롭게 나온 발언에 모두의 시선이 일제히 장삼에게로 갔다가, 곧장 유춘에게로 모였다. 그리고 그제야 유춘의 입에서 얄미운 목소리가 나왔다.

"에라이, 이런 모자란 놈들아. 그래 가지고 무슨 수로 장사를 하고들 있느냐? 네놈들 믿고 가게를 맡기는 주인어른들이 불쌍하다."

그 말에 울컥한 오평안이 곧장 대거리를 했다.

"이놈아, 저치들하고 우리가 장사하는 거 하고 무슨 상관이 있다는 말이냐?"

"어허, 방금 장가 놈이 한 얘기를 듣고도 딱 하고 떠오르는 게 없더냐?"

"뭐? 그럼 정말로 담씨세가?"

먼저 말을 꺼냈던 장삼마저도 화들짝 놀란 표정으로 유춘을 보았다. 그리고 유춘은 의기양양한 표정으로 손가락까지 까딱거리며 말을 이었다.

"아무튼 이 모자란 놈들, 그런 눈썰미로 뭘 해먹겠다고? 거기에 소문에도 어둡네? 참, 안쓰럽다."

한숨까지 푹 내쉬는 유춘의 태도에 화가 날 법도 하건만, 모두들 꿀 먹은 벙어리라도 된 양 입을 꾹 다물었다. 모여 있는 여섯 명 중에서 가장 일을 잘하는 이도, 제일 많은 돈을 모아 놓은 이도 유춘이었기 때문이다.

오평안이 급히 말을 돌렸다.

"아, 아무튼 아까 그치들이 진짜 담씨세란 말이냐? 허허, 참! 담씨세가 무인들도 저렇게 차려입고 떼로 몰려가니

제법 분위기가 나네?"

진심으로 감탄했다는 듯 꺼내는 말에, 모두들 고개를 주억거렸다. 담씨세가의 무인들은 평소에도 저잣거리에서 종종 보는 편이었다. 하지만 그때는 자신들과 크게 달라 보이지 않는 편안한 느낌이었다.

주변을 한 번 훑은 유춘이 이제 때가 되었다고 생각했는지 이야기를 풀기 시작했다.

"자자, 잘 들어봐. 얼마 전에 담씨세가에서 난리가 났던 건 다들 소문 들어서 알고 있지?"

"응."

"그때 감천방 놈들이 이백, 거기에 구주부의 철문방이 사백. 합이 육백 명!"

"그 정도였나?"

"그에 반해 담씨세가는 겨우 백오십 명!"

척척 풀리는 이야기에 오평안이 두 눈을 휘둥그레 떴다.

"컥, 쪼, 쪽수만 네 배잖아!"

"크아, 그렇지! 무려 네 배에 달하는 쪽수! 하지만 담씨세가에는 저 멀리 서역 너머에 계시다가 돌아온 담기령 공자님이 있었단 말이지!"

"어어, 맞다. 그 얘기는 들어본 거 같다."

"그래서!"

말을 딱 끊은 유춘이 한 사람 한 사람 눈을 맞추며 슬쩍 뜸을 들였다. 그리고 다섯 사람은 저도 모르게 숨을 죽이며 귀를 기울였다.

"하늘을 나는 허공답보의 경공에! 사방으로 장풍을 날리시는 하늘 같은 무공! 거기에 귀신같은 용병술까지, 크아!"

사지를 마구 놀리며 떠들어대는 통에 침이 사방으로 튄다. 하지만 누구 하나 거기에는 신경이 쓰이지 않는 듯, 침을 꿀꺽 삼키며 귀를 기울였다.

과연 백오십 대 육백의 싸움이 어찌 끝난 것인지, 가슴이 조마조마하다.

"그래서 담씨세가에는 죽은 사람이 딱 한 명!"

"그리고?"

"철문방에 감천방은 무려 사백 명이 뒈졌다는 거지!"

"지, 진짜?"

다섯 사람이 약속이라도 한 듯 동시에 소리를 내지른다. 난리가 났다는 것도 알았고, 그 후로 감천방 놈들의 행패가 없어졌기에 담씨세가가 놈들을 물리쳤다는 정도는 알고 있었다. 하지만 그 자세한 정황은 지금 처음 듣는 참이었다.

"끝내준다!"

장삼이 탄성을 터트리며 크게 고개를 끄덕인다. 원래도 담씨세가는 왜구들로부터 자신들을 지켜주고, 시정잡배들이 행패를 부리는 걸 막아주는 고마운 곳이었다.

그런데·이런 무용담까지 있으니 감탄이 절로 나온다.

"그, 그럼 아까 그 담씨세가 무인들은 어디로 가는 거냐?"

"감천방 놈들을 죄다 물리쳤잖아."

"그래서?"

"그럼 여기 현도에 있던 감천방 놈들의 장원을 누가 차지하겠나?"

"아아!"

다들 그제야 이해했다는 표정을 짓는다. 그런데 유춘의 이야기는 아직 끝난 것이 아니었다.

"듣기로는 그 장원에서 이제부터 무관을 연다더라."

"무관? 무술 가르쳐 주는 거?"

"인마, 무술이 뭐냐? 무공, 무공!"

"아아, 그래 무공. 아, 그러면 우리도 가서 무공을 배울 수 있겠네?"

"이건 내가 니들한테 처음 이야기해 주는 건데……."

유춘이 슬쩍 말꼬리를 흐리니, 모두들 또 한 번 숨을 죽이고 귀를 기울인다.

"일단 이름을 올리면 반년 동안 공짜로 가르쳐 준대."

"뭐라고?"

놀라운 이야기다. 돈도 안 받고 공짜로 무공을 가르쳐 준다니. 하지만 유춘의 이야기는 아직 끝난 것이 아니었다.

"단순히 무공만 가르쳐 주는 것만이 아니라, 숙식까지

제공해 주면서 공짜다!"

순간 여섯 사람 주변으로 싸늘한 냉기가 감돌았다. 갑작스러운 짧은 적막이 끝나는 동시에 오평안이 버럭 소리를 질렀다.

"에라이, 망할 놈! 믿을 소리를 해라! 반년 동안 무공도 공짜에 아침에 점심까지 준다고? 담 대인이 그 나이에 노망이 온 것도 아니고!"

"어허, 이런 우라질 놈을 봤나? 내가 언제 없는 소리 하는 거 봤냐?"

"음? 그건 아니다만……."

"이건 내가 어젯밤에, 이가 놈한테 들은 이야기다!"

"이가 누구?"

"담평객잔에 점소이 이가!"

"헉!"

오평안이 그제야 자신의 실수를 깨닫고 헛바람을 집어삼켰다. 담평객잔은, 담씨세가가 현도에서 운영하는 객잔이었다. 그곳의 점소이에게서 나온 이야기라면 틀림없을 터.

유춘이 득의양양한 표정으로 더욱더 놀라운 이야기를 던졌다.

"어디 그뿐일 줄 아느냐? 반년 동안 수련을 했는데, 기준에 부합하는 성과를 얻으면……."

"어, 얻으면?"

"담씨세가 외당 무인으로 받아주기까지 한다더라."

"커허억!"

모두들 비명을 지르며 존경심 어린 눈으로 유춘을 보았다. 어디서 이렇게 기가 막힐 정도로 무시무시하고 놀라운 이야기만 가지고 왔단 말인가?

"지, 진짜냐?"

오평안이 또다시 확인하듯 물었다. 담씨세가의 외당 무인이면, 지금 자신들보다 훨씬 많은 달삯을 받는 자리였다. 반년 동안 공으로 먹여주고, 무공도 가르쳐 주고, 실력이 괜찮으면 외당 무인으로 써주기까지 한다니 도저히 믿을 수가 없었다.

"야, 이놈아! 내가 언제 흰소리 하는 거 봤냐? 담평객잔이가 놈한테 들었다고 했냐, 안 했냐?"

버럭 소리를 지르는 유춘의 반응에 오평안이 세차게 도리질을 했다. 유춘이 좀 으스대는 경향은 많아도 적어도 거짓말한 적은 없었다.

하지만 움츠러들었던 표정도 잠시, 오평안은 갑자기 멍한 표정으로 먼산을 보며 가만히 생각에 잠겼다.

"이놈 왜이래?"

유춘이 오평안을 가리키며 다른 이들에게 물었지만, 그들이라고 알 리가 없었다.

그때 오평안이 작은 목소리로, 혼잣말하듯 중얼거렸다.

"한 번…… 가볼까?"

"응? 어딜?"

"무공 배우러."

순간 유춘의 입에서 버럭 호통이 터졌다.

"이런 미친놈!"

"뭐, 왜?"

"니가 거길 가서 뭘 어쩌겠다고 무공을 배우러 가냐?"

"어, 어쨌든 밥도 주고 무공도 가르쳐 준다며?"

"그, 그렇기야 하지만……. 우리가 이제 와서 무슨 무공을 배우냐? 그리고 설사 무공을 배운다고 거기 무인으로 뽑아주기는 하겠냐?"

유춘이 얼굴 한가득 안쓰럽다는 표정을 지으며 말했다. 담씨세가가 용천현에 있는 작은 문파라고는 해도, 어쨌든 명색이 무림의 집단이었다. 그런 곳에 지금껏 몽둥이 한 번 제대로 든 적 없는 자신들이 가서 무얼 하겠는가.

그때 옆에 있던 장삼이 홀린 듯 말했다.

"까짓것 밑져야 본전이지. 찔끔이라도 무공 한 자락이라도 배워 놓으면 나중에 집에 든 도둑 잡는 데라도 쓸 수 있겠지."

그 말에 지금껏 가만히 있던 남은 두 명 또한 동조한다는 듯 고개를 끄덕인다. 그 모습을 본 유춘의 표정이 다급해졌다.

"그렇게 반년 허송세월하면? 그사이 일도 그만두고, 나중에 반년 지나면 다시 일자리라도 구할 수 있겠냐?"

"그건 또 뭐 그렇긴 한데……."

그사이 홀로 생각에 잠겨 있던 오평안이 뭔가 결심한 표정으로 말했다.

"나는 가보련다."

"뭐? 니가 포목상 그 자리에 얼마나 고생해서 들어갔는지 잊었냐? 반년 지나서 오면 니가 일할 자리가 있겠냐?"

"춘이 너는 수완도 좋고 소질도 있어서 벌써 돈도 꽤 모았지만, 나는 그런 것도 아니고. 거기에 집에 형이 둘이나 있으니, 몇 마지기 되지도 않는 아버지 전답이 나한테까지 오지도 않을 거고. 아직 나이도 열일곱밖에 안 됐으니, 뭐 반년 지나서도 아니다 싶으면 다른 일을 또 찾아볼 수도 있고."

그리고 장삼 역시 같은 생각이라는 듯 고개를 끄덕인다.

"나도 아버지가 홍 대인네 땅에 소작을 부치고는 있지만, 그 땅은 큰형이 이어받아 소작할 거고……. 내가 따로 소작을 받으려고 해도 차례가 돌아오지도 않을 거야. 평안이, 너 나랑 같이 가자."

유춘이 한층 더 답답한 표정으로 외쳤다.

"정신 차려 이놈들아. 우리 주제에 무공은 무슨 무공이냐?"

무인이라니, 무공이라니 참 되먹지 못한 생각이다. 농사꾼의 자식으로 태어나서 지금껏 해본 일이라고는 농사일과 점포의 점원 일밖에 없는 자신들이었다. 그런데 저런 이루지도 못할 꿈을 꾸고 있으니 참으로 가슴이 답답했다.

하지만 오평안과 장삼은 이미 생각을 굳힌 얼굴이었다.

"아까도 말했잖아. 까짓것 안 되면 말지."

"그, 그런 정신머리로 잘도 뭔가 하겠다."

"그런 건 아니다. 일단 죽을 둥 살 둥 무공을 배워봐야지. 그래도 안 되면 어쩔 수 없는 거지만."

"우리는 안 된대도?"

하지만 오평안과 장삼은 더 이상 유춘의 말에 귀를 기울이지 않았다.

"형님, 다 온 모양입니다."

담기명의 말에 담기령이 갑판의 난간에 기대앉아 있던 몸을 일으켰다. 담기명이 가리키는 방향을 보니, 저 멀리 포구가 보이고 수많은 사람들이 바쁘게 움직이는 모습이 보였다.

바로 절강성 처주부의 포구였다. 사방이 산으로 둘러싸인 처주부는, 대부분의 물류는 물론 먼길을 가는 사람들 또한 뱃길을 이용한다.

영녕강의 물길을 따라 온주부를 거쳐 바다로 나간 후, 해

안선을 따라 북으로 올라가 항주부로 들어가는 것이 가장 편하고 빠른 길이었다.

"역시 부도라 그런지 사람도 많고 다들 활기가 넘치는구나."

"큰 성시라 그런지 사람들이 바쁘게 사는 모양입니다."

"우리도 할 일이 많으니, 바쁘게 움직여야 할 것이다."

"할 일이 많다니요? 처주 지부를 만나는 것 말고 다른 일도 있습니까?"

"아버님께는 미리 말씀을 드린 일인데, 부도에 온 김에 앞으로 세가의 머리가 되어 줄 책사를 구할 것이다."

"예?"

생각지도 못한 이야기에 담기명이 입을 쩍 벌린다. 책사를 구한다는 것도 뜬금없지만, 낯선 곳에서 어떻게 책사가 될 사람을 찾는단 말인가.

하지만 담기령은 여유롭게 말했다.

"다 방법이 있으니 걱정하지 말아라."

그렇게 이야기를 나누는 사이, 두 사람이 타고 온 배가 선착장에 접안을 마쳤다.

배와 선착장 사이에 기다란 판자가 놓이고, 두 형제는 하선하는 많은 사람들 사이에 섞여 처주부 부도의 땅을 밟았다.

"일단 소개장과 배첩을 넣어 약속부터 정한 후에 묵을

곳을 잡자꾸나."

"예, 세가의 일도 바쁘니 가급적 시간을 줄이는 게 좋겠습니다."

두 형제는 포구에 자리한 각양각색의 수많은 사람들 틈을 빠져나와 대로를 따라 천천히 걷기 시작했다.

"그런데 형님."

처주부도의 풍광을 구경하며 느긋하게 걷던 중 담기명이 조심스레 말을 걸었다.

"왜 그러느냐?"

"내내 궁금했던 것이 있어서요."

"뭐가?"

"용천무관 말입니다."

담기령이 이해를 못하겠다는 듯 동생의 얼굴을 보았다. 용천무관은, 감천방의 장원을 차지한 후 담씨세가가 새로 연 무관의 이름이었다.

"일전에 다 설명하지 않았느냐?"

"그랬지요. 그리고 저도 그 부분은 이해를 하겠습니다. 수련생의 수를 한 번에 이백 명으로 제한하면 아침과 점심을 주고, 무료로 무공을 가르쳐 주는 일이 가능하다는 것까지 이해를 했습니다. 세가의 이문을 줄이면 가능한 일이니까요. 그리고 그중에 실력이 뛰어난 자들을 외당으로 받아 세가의 전력을 보강하겠다는 것까지도요."

"그런데?"

"하지만 무공이라는 게 기본적으로 어려서부터 단련을 해야하는데, 입관 나이를 열여섯 이상으로 잡으신 게 이해가 안 갑니다. 무공 입문이 늦은 그들이, 겨우 반년 수련으로 세가의 전력이 될 거라는 것도 좀 이상하고요."

"흠, 아직 너한테도 무공을 가르치지 않았으니 그리 생각할 수도 있겠구나."

대답을 들은 담기명이 귀가 솔깃해져 물었다.

"특별히 속성으로 배울 수 있는 무공이 있다는 말씀이십니까?"

그렇지 않고서야 무관에 열여섯 살 이상만을 받겠다는 것은 이해할 수가 없는 일인 탓이었다.

"속성이라…… 뭐, 따지고 보면 속성이기는 하지."

대답하는 담기령의 얼굴에 갑자기 싸늘한 미소가 번졌다. 그 웃음을 본 담기명은 저도 모르게 등골이 오싹해지는 기분을 느끼며 거듭 물었다.

"따지고 보면 속성이기는 하다는 게 무슨 말입니까?"

"너도 배워보면 알게 될 것이다."

"자세히 좀 말씀해 주세요."

"너도 말했듯이 보통은 어려서부터 수련을 시작해야만 대성할 수 있는 게 무공이기는 하다. 하지만 내가 가르치는 무공은, 그 긴 시간의 수련을 일 년을 두고 한꺼번에 하는 거라고 보면 될 것이다. 처음 반년은 몸을 만드는 과정이고, 그 다음 반년이 실제적인 수련이라고 할 수 있지."

"네?"

담기명이 불신 가득한 얼굴로 되물었다. 보통 무가에서, 무공을 배우기 시작하는 나이가 예닐곱 살 정도였다. 그런데 열여섯살에 시작을 한다고 치면, 무려 십 년의 수련을 한꺼번에 한다는 말이었다.

"그, 그건 속성이 아니라……."

십 년의 수련을 단 일 년만에 하겠다는 것은, 바꾸어 말하면 십 년의 고생을 일 년 동안 다 해야 한다는 뜻이었다. 그리고 어쩌면 그 고생을 자신도 해야 할지도 모른다는 생각에 벌써부터 온몸이 비명을 지르는 듯한 느낌이 들었다.

보통은 그런 일이 가능할지에 대한 의문부터 품겠지만, 이미 형의 대단한 무공을 본 탓인지 담기명은 거기까지는 생각을 하지 못했다.

담기령이 피식 웃으며 말했다.

"아주 밀도 높은 수련이라고 보면 되겠구나."

그사이 두 사람은 처주부의 관청(官廳), 처주부청 정문 앞에 도착했다.

"무슨 일이오?"

부청 입구를 지키던 관졸이 두 사람을 막아서며 물었다.

"용천현의 허중선 지현 어른의 소개로 지부 대인을 만나

뵈러 온 담기령이라 하오."

정중하게 말을 건넨 담기령이 품 안에서 허중선의 소개
장과 자신의 배첩을 꺼내 관졸에게 내밀었다.

한눈에 봐도 귀한 집 자제인 듯 보이는 담기령의 정중한
태도에 관졸 역시 별다른 말은 하지 않고 조심스레 소개장
과 배첩을 건네받았다.

"지부 대인과 만나뵙고 긴밀히 나누고 싶은 이야기가 있
어, 미리 약속을 잡고자 찾아왔소이다."

"잠깐 기다리시오."

말을 마친 관졸이 소개장과 배첩을 들고 부청 안으로 들
어갔다.

그리고 얼마 시간이 지나지 않아, 부청 안에서 한 사십대
중년 사내가 밖으로 나왔다.

"처주부 동지(同知)인 고융덕일세."

"동지 대인께 인사 드립니다. 용천현에서 온 담기령이라
합니다."

담기령이 한층 더 정중한 태도로 포권을 하며 인사를 했
다. 하지만 고융덕은 아무런 표정도 없이 딱딱한 표정으로
자신의 용건을 말했다.

"지부께서는 자네들을 만나지 않겠다 하시니 돌아가게."

"예? 그게 무슨 말씀이십니까?"

한 걸음 뒤로 물러서 있던 담기명이 깜짝 놀라 외쳤다.

지현의 소개장까지 들고 온 사람을 이렇게 내친다는 것이
그로서는 이해할 수 없는 일이었다.

이번에 지부를 만나는 일은, 담씨세가가 성장하기 위한
시작이었다. 그런데 그 시작부터 이런 식이니 당황할 수밖
에.

하지만 고융덕은 이미 휑하니 방향을 틀어 부청 안으로
들어가 버린 후였다.

"혀, 형님."

당황한 담기명이 담기령을 불렀다. 그러나 담기령은 그
다지 놀라지 않은 듯 피식 웃으며 중얼거렸다.

"세상에 쉬운 일이 어디 있겠느냐?"

"하, 하지만 저래서는……."

말이 씨라도 먹혀야 뭔가를 시도라도 해보지 않겠는가.
그럼에도 담기령의 얼굴은 여유로웠다.

"일단 묵을 방부터 잡자꾸나."

그리고는 휘적휘적 길을 따라 걸어가 버렸다.

"형님!"

담기명이 다급한 얼굴로 담기령의 뒤를 쫓았다.

3장
처주 지부를 만나는 길

"이제부터 어찌하실 생각이십니까?"

담기명이 근심이 가득한 표정으로 물었다. 지난번 형의 말을 들으며 그는 새로운 꿈을 꿀 수 있었다. 담씨세가가 더 이상 지방의 작은 무가가 아닌, 어디서든 이름만 말하면 알 수 있는 무림의 명문세가로 거듭날 수 있다는 꿈을.

이미 형이 가진 엄청난 무공과 뛰어난 용병술, 그리고 철문방을 상대로 은자 사십만 냥이라는 거금을 협상을 통해 받아낸 수완까지 본 후였다. 더 이상 막연한 이야기가 아닌 현실이 될 그런 일.

그런데 그 첫걸음이랄 수 있는 은광의 채굴권을 따내는 것에 문제가 생긴 것이었다. 아니, 채굴권을 따든 못 따든 일단 처주부 지부와 이야기라도 해야 했다. 그런데 그조차 못하고 있으니 마음이 무거울 수밖에.

하지만 그보다 더욱 그를 답답하게 만드는 것은 자신에게 그 꿈을 보여주었던 형의 태도였다.

고융덕을 통해 거절을 통고받은 후, 뒤도 돌아보지 않고 발걸음을 돌리니 그로서는 답답할 수밖에 없는 일이었다. 마음 같아서는 혼자서라도 다시 찾아가 만나달라 애원이라도 하고 싶었다.

하지만 담기령은 그런 조급함은 안중에도 없다는 듯, 길 가는 어린아이에게 무언가를 묻더니 편안한 표정으로 담기명에게 말했다.

"처주 부도 안에서는 향향객잔이 가장 크고 유명하다는구나. 아버지께서 여비도 넉넉히 주셨으니, 이 참에 거기로 한 번 가보는 게 어떻겠느냐? 이럴 때 잠깐 호사를 누리는 것도 나쁘지 않으니."

결국 참다 못한 담기명이 버럭 소리를 질렀다.

"형님!"

하지만 담기령의 태도는 여전히 여유로웠다.

"객잔으로 가면서 이야기하자꾸나."

"음?"

여기서 이야기할 것이라면 역시나 처주 지부와의 만남에 대한 것일 터, 담기명은 답답한 마음을 애써 억누르며 걸음을 옮겼다.

"마음이 조급할 거라는 건 안다만, 이 일은 서두른다고 될 일이 아니다. 처주 지부가 녹록한 인물이 아닌 모양이야."

"그러니까 대뜸 만나지 않겠다고 하는 거겠죠. 이건 보나마나 우리를 애태우려는 수작입니다. 그래야 뭘 긁어내도 더 긁어낼 수 있을 테니까요."

"글쎄? 내 생각에는 단순히 그런 이유만은 아닌 듯하구나."

"네?"

"다시 잘 생각해 보아라. 아까 우리한테 거절을 통고한 사람이 누구였는지?"

하지만 담기명은 그 사람이 처주부 동지인 고융덕이라는 사실 이외에 특별한 것을 떠올리지 못했다.

"부청의 동지라면, 부에서는 지부 다음으로 큰 권력을 쥐고 있는 자다. 그런 자가 단순히 거절을 통고하러 직접 부청 밖으로 나섰을 거라 생각하느냐?"

"아!"

담기명은 그제야 고개를 끄덕였다. 단순한 거절이라면, 소개장을 들고 들어갔던 관졸이 해도 될 일이었다. 그걸 굳이 처주부의 이인자인 동지가 나와서 전했다는 것은, 적어도 단순한 거절은 아니라는 뜻.

"내 생각에 가능성은 두 가지다."

"두 가지요?"

"우리가 건넨 소개장이 처주 지부에게 건네졌느냐, 아니면 고융덕의 손에서 멈췄느냐."

"그러니까 고융덕이 지부에게 소개장을 건네기 전에 자신이 먼저 읽어보고, 그사이에서 수작을 부린단 말입니까? 에이, 설마 그랬겠어요? 지부에게 갈 소개장을 아랫사람이 먼저 열어보다니요."

상식적으로는 있을 수 없는 일이었다.

"세상에는 우리가 생각하는 것보다 상식을 넘어선 인간들이 훨씬 더 많은 법이니까."

"예에……."

떨떠름한 표정을 짓는 담기명을 향해, 담기령이 피식 웃으며 말을 이었다.

"어쨌든 고융덕이 수작을 부린 것이라면 일은 생각보다 간단하게 해결할 수 있다."

"그렇지요. 그런 짓을 벌였다면, 분명 뇌물을 원하는 걸 테니까요."

"하지만 그게 아니라면?"

"그러면 처주 지부가 정말로 우리를 만나는 걸 거절했다는 말인데요?"

"그러니 아까 말하지 않았느냐? 거절의 의사를 처주부

74

동지가 나와서 했다고."

담기명은 답답함에 숨이 턱 막히는 기분이었다. 이야기를 들으면 들을수록 개운해지는 게 아니라, 답답함만 더해진다.

"그러니까 그게 무슨 말이냐고요."

"동지 정도 되는 자가 말이나 전하러 왔다고는 생각할 수 없지 않느냐? 그러니 그건 처주 지부가 우리를 시험하는 거라고 볼 수도 있다."

"무슨 시험이요?"

"만날 의향은 있다. 하지만 쉽게 만나주지는 않겠다. 그러니 내가 너희를 만나고 싶도록 만들어 보아라."

"네? 처주 지부가 왜 그런 짓을 한단 말입니까?"

"그러니 녹록한 자가 아니라는 말이다. 우리가 왜 그를 만나러 왔는지 생각해 보아라."

그제야 담기명이 뭔가 큰 깨달음이라도 얻은 듯 크게 탄성을 내질렀다.

"아, 그렇군요. 은광!"

"그렇지. 너희가 제대로 은광을 채굴하고 그것을 유지할 만한 능력이 있는지 자신에게 보이라는 거지."

"도대체 은광 하나 채굴하는데 뭐 그리 복잡한 게 많단 말입니까?"

말 그대로다. 그냥 맡겨 놓고, 아니다 싶으면 채굴권을 빼앗으면 그만인 일이었다. 담기명이 보기에는 이렇게 크게 벌일 필요가 없는 일이었다.

그때 담기령이 걸음을 멈추며 말했다.

"다 왔구나. 일단 방을 잡고 이야기하자."

"아, 예."

이야기에 몰입해 어디로 가는지도 모르고 있던 참이었다. 담기명은 그제야 주위를 둘러보고는, 자신들이 거대한 객잔 앞에 서 있는 것을 발견했다.

"크긴, 크네요."

처주부에서 가장 크고 유명하다는 말이 괜히 나온 말은 아닌 모양이었다.

"어서 오십시오, 공자님들! 방이 필요하십니까요?"

입구 앞에 서 있던 점소이가, 두 사람을 보자마자 십 년 전 헤어진 부모라도 만난 듯한 표정으로 반갑게 인사를 한다.

"며칠 묵을 생각인데, 좋은 방이 있느냐?"

"물론입지요. 어떤 방을 원하십니까요? 저 멀리 북방에서 남방까지 모든 양식의 방이 마련되어 있습니다. 말씀만 하시면 바로 안내해 올리겠습니다요."

"가격은 상관없으니, 방이 두 개 딸린 좋은 곳으로 안내하거라."

담기령의 말을 제대로 알아들은 점소이가 두 눈을 반짝

반짝 빛내며 허리가 부러질 듯 숙였다.

"앞장서겠습니다요!"

향향객잔은 칠층짜리 건물이었는데, 점소이의 안내를 받은 곳은 육층이었다.

"이 방입니다. 분명 마음에 드실 겁니다요!"

점소이가 밝은 표정으로 건네는 말에, 담기령이 짐짓 섭섭한 표정으로 물었다.

"육층까지 올라온 걸 보면, 높은 층일수록 방이 비싼 모양이야?"

"헤헤, 그렇기는 합니다만 칠층은 관부에서 나오신 분들께만 내드리는 터라…… 보통은 이곳 육층의 객방이 가장 고급입니다요."

점소이가 딱히 당신들을 얕잡아 본 게 아니라는 듯 설명을 했다.

"흠, 그렇구먼. 알겠네. 아, 그런데 자네 이름이 뭔가?"

"예, 소인은 양백수라고 합니다요. 오래오래 살라고 저희 아버지가 지어준 이름입지요. 뭐, 더 필요하신 것은 없으신지요?"

그렇다는 듯 고개를 끄덕이려던 담기령이 잠시 멈칫 하더니 양백수에게 물었다.

"자네 고향이 이곳인가?"

순간, 양백수의 눈동자가 빛을 뿜으며 빠르게 움직였다.

보통 이런 걸 물어오는 손님은, 대게 따로 뭔가 시킬 일이 있다는 뜻이었다. 그런 경우 따로 돈이 들어오는 법이었다.

"그렇습니다요. 제 나이가 올해로 열아홉인데, 이곳에서 나고 자랐고 한 번도 부도를 떠난 적이 없습니다요."

"그럼 사람 좀 소개시켜 줄 수 있겠나?"

"헤헤, 말씀만 하십시오."

양백수가 한층 밝은 표정으로 말했다.

"알고 지내는 거간(居間)이 몇이나 되는가?"

"어느 쪽 거간을 말씀하시는지……."

거간이라면 물건을 사고자 하는 사람과 팔고자 하는 사람을 연결해 주고, 흥정도 해 주는 이를 말한다. 그러니 다양한 방면의 거간이 있는 법.

"장원을 하나 알아볼 생각이네."

담기령의 대답에 양백수가 뭐라 대답을 하기도 전에 담기명이 깜짝 놀라 외쳤다.

"장원이요?"

처주 지부를 만나러 와서 뜬금없이 장원을 알아보겠다니 놀라는 것이 당연했다. 하지만 담기령은 별다른 설명 없이 양백수에게 시선을 주며 대답을 기다렸다.

"집과 땅을 중개하는 거간이라면, 아는 사람이 세 사람 정도 됩니다만……."

"세 사람이라……. 가능하면 처주부 전체를 둘러보고 싶은데?"

물건과 관련된 거간이라면 전담하는 판매자가 있을 것이고, 집과 땅과 관련된 거간이라면 전담하는 지역이 따로 있을 터. 처주부의 부도인 만큼 땅도 넓을 것이고, 집도 그만큼 많을 터였다. 겨우 세 사람으로는 어림도 없는 일.

양백수가 눈을 빛냈다. 고만고만한 집을 살 거라면 처주부 부도 전체를 둘러볼 생각은 하지 않을 것이다. 거기에 이 정도로 비싼 방에 머문다면 돈도 넘쳐난다는 뜻.

"그러시다면, 제가 다른 사람들을 통해서 좀 더 다리를 놓아 드리겠습니다요."

양백수가 반드시 자신이 소개해 주겠다는 의지를 내보이자, 담기령이 품에서 은자를 꺼내서 내밀었다.

"알았네. 부탁하겠네. 그리고 이건 얼마 안 되지만 수고비로 쓰게나. 일이 잘 마무리되면 내 좀 더 챙겨주겠네."

"헤헤, 뭐 이런 거까지······."

양백수가 말로는 사양하는 척하며 낼름 은자를 받아 품 안으로 밀어 넣었다. 동시에 입이 헤벌쭉 벌어진다.

'허허, 어젯밤 꿈자리가 좋더니 횡재수였구나!'

극히 짧은 순간이었지만, 은자의 무게를 가늠해 보니 족히 네 냥은 될 법한 무게였다. 이 정도면 자신의 한 달 월봉의 몇 배였다.

양백수가 한층 더 공손한 자세로 물었다.

"그러면, 공자님들에 대해서는 뭐라고 말을 전할까요?"

물건을 사려는 사람에 대해 알아야 팔려는 사람에게도 제대로 말을 전할 수 있는 법.

"나는 담기령이라 하네."

담기령의 말에 양백수가 곤혹스러운 표정을 지었다. 대뜸 이름만 말하면 어쩌자는 말인가? 이런 일에는 어디 살고, 돈은 얼마나 있는지 정도는 미리 귀띔을 해줘야 하는 법이다.

하지만 자기를 담기령이라 밝힌 공자는 또 뭐 필요한 게 있느냐는 듯 이쪽을 빤히 보고만 있었다.

"저, 공자님……."

뭔가 더 물어봐야겠다는 생각에 말을 꺼내던 양백수의 머릿속에 갑자기 떠오른 것이 있었다.

"더 물어볼 것이 있는가?"

"혹시 용천현 담씨세가에서 오신 공자님이신지요?"

세상에서 가장 빨리 소문을 접하는 사람들 중 하나가 객잔의 점소이들이었다. 타지 사람들이 와서 묵고 가는 사이에 흘려놓고 가는 이야기들이 있으니 당연하다면 당연한 일.

양백수는 얼마 전부터, 이곳을 지나는 사람들 사이에서 종종 들었던 용천현 담씨세가의 일을 떠올렸던 것이다.

"그렇다네."

담기령의 대답에 양백수의 얼굴이 환하게 펴졌다. 눈앞의 공자님들은 예상대로 그 담씨세가의 사람들이었다. 처주부의 북쪽에 있는 구주부의 패자, 철문방의 공격을 당당하게 막아냈다는 바로 그 담씨세가.

"역시 그러셨군요. 어쩐지 귀티가 흐르시고, 기도가 범상치 않으신 것 같았습니다요. 헤헤헤, 그럼 언제쯤 말씀을 올리면 되겠습니까?"

"빠르면 빠를수록 좋다네."

"알겠습니다요!"

양백수가 냉큼 인사를 하고 뒷걸음질을 치며 방을 나선 후, 조용히 문을 닫았다.

그리고 방문이 닫히자마자 담기명이 급히 물었다.

"형님, 갑자기 장원이 무슨 말씀입니까?"

"차차, 이야기해 주마. 일단 잠깐 쉬면서 이야기를 하는 게 좋지 않겠느냐?"

"아, 예. 그러지요. 그런데……."

담기명이 방안을 휘휘 둘러보며 말을 이었다.

"엄청 비싸겠는데요?"

모든 집기들이 호화롭기 짝이 없고, 두 개의 방에 따로 욕실까지 구비되어 있는 객방이었다. 사치를 즐기지 않는 아버지의 영향으로, 담기명 또한 이런 일에는 익숙지가 않았다.

"비싸겠지. 하지만 이 정도는 묵어줘야 하지 않겠느냐?"

"예?"

담기명이 바로 이해하지 못하고 되물었다. 방금 한 말은, 반드시 이런 방에 묵어야 할 필요가 있다는 듯 들렸기 때문이었다.

"자신을 내보일 때 가장 단순하고 빠른 방법이 돈이라는 말이다."

"아아."

"물론 그게 능사라는 말은 아니다. 또한 처주 지부가 이런 정도로 우리를 다시 볼 리도 없겠지. 하지만 사치를 즐기지 않는다고 허름한 방에 묵는 것 또한 좋지 않은 방법이다. 어떤 사람에게는 검소함이, 빈곤함이나 무능력으로 비춰질 수도 있다."

"그렇기는 하겠군요. 그나저나 아까 하던 이야기나 마저 해보세요. 은광 하나 채굴하는데 뭐 그렇게 복잡한 게 많단 말입니까?"

"어디까지나 고용덕이 아닌, 처주 지부가 우리를 거절했을 경우의 이야기다만……. 그럴 경우, 처주 지부의 성격을 대강 가늠해 볼 수 있는 잣대가 된다."

"과도하게 까탈스럽다는 건 알겠네요."

"과할 정도로 완벽을 추구하는 성격. 그리고 욕심이 아주 많은 자라는 것."

"예, 아마도 어마어마한 뇌물을 요구할 것 같기는 합니다."

마음에 들지 않는다는 듯 입술을 삐죽거리며 말하는 담기명을 향해, 담기령이 고개를 저었다.

"물욕보다는, 권력욕이 강한 자일 것이다."

"그게 그거 아닙니까?"

"같은 것일 수도 있지만, 조금 다를 수도 있지. 어쨌든 이 정도까지 완벽을 추구한다면, 자신이 처리한 모든 공무가 티끌 만한 흠집도 없기를 원한다는 말이다. 그리고 그러한 정도라면, 아마도 아주 높은 곳을 바라보고 있다는 의미겠지."

인간이 가진 욕구 중 가장 크고 무서운 것이 바로 권력욕이었다. 담기령은 이미 저쪽 세상에 있을 당시, 그것을 직접 눈으로 목도하고 겪어보았기에 잘 알고 있었다. 처주 지부의 태도에서 그러한 것을 유추해 낸 것 또한, 저쪽 세상에서의 경험 덕분이었다.

"그리고 이 상황이 처주 지부가 만들어낸 것이라면, 고융덕을 보낸 것은 함정이다."

"함정이요?"

"우리가 고융덕이 개인적인 욕심에 의해서 수작을 부린 거라 판단하고, 고융덕에게 뇌물을 건네면 그 순간 은광 채굴은 우리 손을 떠난다는 말이다."

"거·참, 어느 장단에 춤을 춰야 되는 건지……."

담기명의 얼굴에 난감한 표정이 떠올랐다. 처주 지부의 거절인지 고융덕의 농간인지를 판단하는 것이 가장 우선인데, 당장 그것을 무슨 수로 판단한단 말인가.

"우리가 판단할 필요는 없다."

"예?"

"저쪽에서 알아서 우리에게 알려줄 테니, 우리는 고민할 필요가 없다는 말이다."

담기명이 반색을 하며 급히 되물었다.

"무슨 수가 있는 겁니까?"

담기령이 피식 웃으며 대답했다.

"아까 내가 거간을 소개해 달라고 말하지 않더냐?"

"아, 그 이야기도 좀 해보십시오. 갑자기 장원을 알아보시다니요?"

"처주 지부를 압박하기 위한 준비다. 물론, 언젠가는 이곳에 우리 세가의 장원도 하나 쯤 필요하기도 하고."

"장원이 필요하다는 건, 나중을 생각하면 그럴 수도 있겠습니다만……. 그걸로 어떻게 지부를 압박한다는 말입니까?"

"소문을 이용하는 것이다. 다행히 담씨라는 성만 가지고도 우리 세가를 떠올릴 정도로, 우리와 철문방 사이의 일은 소문이 많이 퍼져 있더구나……."

"예? 그럼 아까 점소이한테 이름만 말해준 이유가 그것이었습니까?"

"그랬지. 우리에 대한 이야기가 어느 정도로 퍼져 있는지도 중요하니까."

"어쨌든, 소문을 어떻게 이용하시려는 겁니까?"

담기명이 답답한 표정으로 물었지만, 담기령은 쉬이 대답해 주지 않았다.

"너도 묻지만 말고 생각을 한 번 해보아라."

"구숙, 일이 잘되면 저한테도 좀 떼어주셔야 됩니다."

앞서 계단을 오르는 양백수의 말에 구모섭이 귀찮다는 듯한 목소리로 대답했다.

"알았다고, 이놈아. 내 몇 번이나 약조를 해주었느냐?"

하지만 구모섭의 얼굴에도 딱히 짜증이 어려 있지는 않았다. 그 역시도 담씨세가에 대한 소문은 이미 들어서 알고 있기 때문이었다. 그 정도로 소문난 가문이라면, 구하려는 장원도 제법 규모가 있을 것이다. 장원이 크면 클수록, 자신에게 떨어지는 돈 또한 커지는 법.

그런 이유로 오랫동안 알고 지낸 친구의 아들인 양백수의 보챔도 그리 싫지는 않았다.

"꼭 좋은 집으로 구해주세요. 혹시 알아요? 그 공자님이 기분이 좋아서, 새로 구하는 장원에 괜찮은 자리라도 하나

주실지?"

양백수가 잔뜩 헛물을 켜며 말한다.

"어허, 이놈아. 내가 거간 노릇만 벌써 이십 년째다. 딱, 이 숙부만 믿어봐. 처주부의 다른 곳은 몰라도 여기 영녕대가(永寧大街)는 이 숙부가 꽉 잡고 있지 않느냐?"

영녕대가는, 처주부 부도의 북쪽에 위치한 부청 정문에서 시작해 남으로 곧게 뻗어 영녕강 강변의 포구까지 이어지는 대로였다. 처주부에서는 가장 크고 번화한 큰길인 만큼, 이 영녕대가를 사이에 두고 좌우로 자리 잡은 장원들이 처주부에서는 가장 규모가 있었다.

그렇게 이야기를 하는 사이, 두 사람은 향향객잔의 육층에 도착했다.

"담 공자님."

양백수가 담기령의 객방 앞에서 조심스러운 목소리로 말하자, 안에서 곧장 대답이 왔다.

"들어오게."

대답과 함께 양백수가 문을 열고, 구모섭이 양백수의 뒤를 따라 방 안으로 들어서려다 저도 모르게 멈칫했다. 앞서 들어서던 양백수가 갑자기 걸음을 딱 멈춘 탓이다.

무슨 일인가 싶어 양백수의 어깨 너머로 방안을 살피던 구모섭의 표정도 흠칫 굳어졌다.

'저 사람들은……'

방 안에는, 담씨 형제로 보이는 두 사람 외에도 꽤 많은 사람이 방 안의 커다란 탁자를 사이에 두고 앉아 있었다. 대부분 구모섭이 아는 얼굴들, 이곳 처주부에 적을 두고 자신과 같은 거간 노릇을 하는 이들.

'이건 또 무슨 경우란 말인가?'

구모섭의 얼굴에 조금 불쾌한 감정이 떠올랐다.

집을 구하는 사람이 여러 사람의 거간을 통해 집을 알아보는 것은 당연하다면 당연한 일이었다. 하지만 이렇게 여러 명의 거간을 한곳에 불러 모아 이야기를 하는 경우는 없었다.

방 안에 있는 다른 거간들 역시 같은 생각인 듯, 하나같이 불편한 기색이 역력했다.

"어서 들어오시오."

하지만 방의 주인으로 보이는 청년은 구모섭이나 다른 거간들의 불편한 감정을 아는지 모르는지 태연하게 자리를 권했다.

'일단 들어나 보자.'

구모섭은 애써 불편한 감정을 추스르며 방 안의 탁자에 비어 있는 자리에 앉았다. 다른 거간들은 평소에는 서로 연계도 하며 일을 하는 처지였지만, 지금은 왠지 불편한 마음에 살짝 눈인사만 하고 별다른 말을 건네지는 않았다.

그리고 방의 주인으로 보이는 두 청년 중 한 사람이 남아 있던 마지막 자리에 앉았다.

"용천현 담씨세가의 장남인 담기령이라 하오. 꽤나 이례적이라는 것은 알고 있지만, 나도 사정이 있는 터라 어쩔 수 없이 이런 자리를 마련했소이다. 조금 이해해 주시기 바라오."

"크흠."

여기저기서 헛기침 소리가 나왔다. 그래도 누구 하나 대놓고 불만을 터트리는 이는 없었다. 요사이 처주부 내에서 담씨세가의 위세를 모르는 이는 없는 탓이다.

잠깐의 침묵이 흐른 후, 구모섭이 먼저 말을 꺼냈다.

"담 공자께서 구하려는 장원이 어떤 장원입니까?"

"상시 거주하는 무인이 백 명, 그들의 생활을 맡아 장원 내에서 기거할 일꾼이 적어도 서른 명, 집에서 드나들 일꾼도 스무 명 정도, 그리고 적어도 무인 오십여 명이 한 번에 들어설 수 있는 연무장이 딸린 장원을 구하고 있소이다. 이 정도 규모의 무파가 쓰던 장원이 있겠소이까?"

다시 침묵이 흘렀다. 생각보다 커다란 규모에 놀라 말을 잊었고, 그런 규모와 시설이 갖춰진 장원이 있는지 열심히 기억을 더듬느라 입을 벌리지 못했다.

"으음……."

그리고 모두들 하나같이 난색을 표한다. 처주부 부도에는 지금까지 이렇다 할 무파가 자리한 적이 없었던 탓이다.

처주부 전체의 물산이 모이고 흩어지는 곳이다 보니, 처주부의 내로라하는 상인들의 거처가 모두 처주부에 모여 있었다.

그 상인들이 자신들의 재산을 지키기 위해 꽤 많은 무인들을 고용하고 있었고, 그 무인들이 왜구들의 약탈에 대해서도 방비를 하니 따로 무파가 자리를 잡기가 애매했다.

그나마 하나 있다고 치면 수련표국 정도인데, 그들의 장원을 뺏을 수도 없는 노릇이 아닌가.

모두의 표정으로 대충 상황을 짐작한 담기령이 말을 이었다.

"없다면, 기존에 있던 장원을 사서 개축을 하는 수밖에 없겠군요. 그 정도 규모의 장원은 있소이까?"

하지만 이번에도 대답은 없었다. 그 정도 규모의 장원은 있지만, 모두 주인이 기거하고 있는 장원이었다. 그중 장원을 내놓은 사람 또한 없었다.

담기령이 다른 방법을 제안했다.

"그러면 몇 채의 집을 한꺼번에 사서 합치는 수밖에 없는데, 그것은 가능하겠소?"

그제야 대답이 나왔다.

"그 정도라면 가능할 것 같습니다."

"가능은 하지만 시간이 좀 필요한 일이기는 하군요."

저마다 한마디씩 던지는 동시에, 다들 고개를 주억거렸

다. 저 정도로 까다로운 조건이라면 이렇게 자신들을 모아 놓은 것도 일견 이해가 된다. 여전히 좋은 기분은 아니었지만, 단 한 사람도 아까의 불편한 감정을 드러내지 않았다.

모여 있는 건물들을 사서 하나로 묶는다는 것은, 가능하기는 해도 쉬운 일은 아니었다. 그중 가장 힘든 일은, 그 범위 내에 있는 집들을 모두 사야 한다는 것. 그때 가장 중요한 것이 거간의 역할이었다. 집을 팔지 않으려는 집 주인이, 집을 팔도록 만드는 일을 그들이 해야 하기 때문이다.

거간의 역할이 많아질수록 떨어지는 돈은 많아진다. 더해서 집들을 합쳐 장원을 꾸민다는 것은, 그만큼 큰 공사가 필요하다는 뜻이었다. 그 또한 거간들이 끼어들 자리가 있다는 뜻이니, 일단 성사만 시키면 아주 커다란 돈을 만질 수 있는 일이었다. 그러니 누구 하나 크게 불만이 있을 리가 없다.

그저 조금 신경 쓰이는 것이 있다면, 다른 거간들보다 빨리 좋은 자리를 구해야 한다는 것.

모두들 같은 생각인 듯 하나같이 얼굴에는 조급한 표정이 떠올랐다.

한곳에 모여 있는 집들 여러 채가 동시에 나와 있거나, 비어 있는 곳은 없는지. 그 틈에 아직 살고 있는 집의 주인들은 어떻게 설득할 수 있을지. 머릿속으로 쉴 새 없이 산판을 튕기며 위치를 떠올리고, 규모를 가늠한다. 한시라도 빨리 자리에서 일어나 집을 알아보러 다니고 싶은 마음뿐이었다.

그리고 마침내 담기령의 허락이 떨어졌다.

"이렇게 복잡한 조건들 때문에 여러분을 한 번에 부른 것이니 그 점은 양해해 주시오. 일일이 설명하기도 힘들고, 또 다른 일도 준비해야 하는 처지라 결례를 범했소이다. 혹여 원하는 곳을 찾지 못해도 나중에 따로 섭섭지 않게 수고비는 챙겨드리겠소이다. 그럼 잘 부탁하오."

담기령이 가볍게 포권을 하며 말을 끝내기가 무섭게, 모여 있던 거간들이 분분이 자리를 떨치고 일어섰다.

"맡겨만 주십시오, 담 공자."

"마침 적당한 자리가 있는 듯하니 당장 알아보겠습니다."

거간들이 저마다 강렬한 의지를 내보이며 인사를 하고 황급히 방을 나섰다.

'그런데 담씨세가가 처주부 부도에 자리를 잡으려는 건가?'

구모섭이 아까부터 머릿속을 부유하는 의문에 잠시 발걸음을 멈칫했다. 하지만 입 밖으로 꺼내 묻지는 않는다.

그 이야기는 처주부 부도에 커다란 영향을 끼칠 만한 이야기였다. 그런 중요한 이야기를, 다른 거간들이 있는 곳에서 꺼낼 수는 없는 노릇이었다.

아마도 다른 거간들 역시 비슷한 생각을 했을 것이다. 하지만 같은 이유로 입 밖으로 내지 않았을 터. 그러니 나중에 따로 자세히 물어봐야 했다. 그리고 누구보다 빨리 그 정보를 알아내려면, 가장 먼저 담씨세가에서 원하는 집을 구하는 방법이 유일했다.

"구숙, 아시지요?"

방문을 나서는데 양백수가 구모섭에게 작은 목소리로 외쳤다. 구모섭은 결의에 찬 표정으로 무겁게 고개를 끄덕여 준 후, 황급히 걸음을 옮겼다.

"이 집을 정방으로 하고, 좌우에 있는 집들을 과원으로 삼으면, 일단 횡으로 동서의 규모는 나옵니다. 그렇게 횡으로 된 집들을 세 채씩 남북으로 총 네 채를 구입하시면 모두 열두 채가 됩니다. 이 정도면 말씀하신 규모가 충분히 나오지 않겠습니까?"

담기명은 좌우로 시선을 움직이며, 골목 좌우의 집들을 살펴보다가 다시 자신을 향해 열변을 토하는 중늙은이에게 시선을 주었다.

어제 자신들의 객방에서, 담기령이 어떤 장원을 찾고 있는지 설명할 때 같이 있던 거간 중 한 명이었다.

'황씨라고 했는데…… 이름이…….'

분명 객잔에서 출발할 때 이름을 들었는데, 아무리 기억을 더듬어 봐도 눈앞에 있는 황 거간의 이름이 떠오르지가 않았다.

하지만 황 거간의 이름이 무엇이었는지는 그리 중요하지 않았기에, 담기명은 머릿속의 쓸데없는 고민을 얼른 지웠다. 그리고 다시 한 번 주변의 집들을 살폈다.

"열두 채라……."

말이 열두 채지 각각의 집들은 단순한 건물 하나가 아니라, 격조를 맞춰 지은 사합원(四合院)들이었다.

사합원은, 장방형의 담 안에 네 개의 건물이 중앙의 마당을 바라보는 형태로 구성된, 가장 기본적인 형태의 작은 장원을 칭하는 이름이었다.

담기명이 주변을 휘휘 둘러보더니, 손짓을 하며 물었다.

"이 집 이진인 것 같고, 저쪽은 삼진이오?"

"하하, 제대로 보셨습니다. 그러니 열두 채를 모두 합치면 절대 부족하지는 않을 겁니다."

일반적으로 네 개의 건물로 이루어진 기본 형태가 단진 사합원이었다. 그리고 그 기본에 건물과 벽 등을 더해서 확장한 사합원들을, 더해진 건물 수에 따라 이진 또는 삼진사합원이라 불렀다.

담기명과 황 거간 주변에는 단진사합원만이 아닌, 이진이나 삼진사합원들도 자리 잡고 있었다.

보통 절강성을 포함한 남방 지방에서는, 북경에서처럼

틀에 짜 맞춰진 듯한 사합원을 짓지 않는 자유분방한 분위기였다. 하지만 성도나 부도 정도 되는 도시에서는, 북경의 문화를 따르느라 격조에 맞춰 지은 사합원들이 아주 많았다.

즉, 황 거간이 말한 열두 채는 아무리 적게 잡아도 건물이 마흔여덟 채는 된다는 뜻이었다.

"흠, 그 정도면 충분하겠구려."

담기명이 만족스러운 표정으로 고개를 끄덕였다.

"헤헤, 마음에 드신다니 다행입니다."

"그런데 이 중에 비어 있는 집이 얼마나 되는 것이오?"

질문을 던지는 담기명의 얼굴에 의아함이 떠올랐다. 구하는 장원의 규모를 말한 것이 겨우 어제의 일이었다. 그런데 열두 채나 되는 사합원들 중 얼마나 비어 있기에 이렇게 빨리 장소를 물색해 왔는지 정황이 궁금한 것이다.

담기명의 물음에 황 거간이 갑자기 조금 난감한 표정을 짓더니, 조심스러운 목소리로 말했다.

"헤헤, 그것이……. 절반은 집 주인들이 당장이라도 집을 팔려고 생각하고 있습지요."

황 거간의 말에, 담기명의 얼굴에 잠깐 동안 당혹감 떠올랐다가 이내 사라지고 날카로운 표정이 자리 잡았다.

열두 채의 집 중 절반이나 되는 곳이 팔 생각을 하고 있다는 것은 상식적으로 있을 수 없는 일이었다. 그렇기에 잠시 당황했던 것이다. 하지만 다시 생각하면 아직까지 절반의 집들은, 주인들이 팔 마음이 없다는 뜻이었다.

그런데 섣불리 자신에게 집들을 보여주다니, 도의적으로 있을 수 없는 일.

담기명이 싸늘한 목소리로 말했다.

"감히 담씨세가를 상대로 장난질을 치겠다는 거요?"

담기명의 온몸에서 싸늘한 기운이 피어올랐다. 그의 무위가 그리 높은 편은 아니었지만, 무공을 익히지 않은 사람의 입장에서는 숨이 턱 막힐 정도로 섬뜩한 상황.

"헉, 그 무, 무슨 그런 말씀을! 아닙니다. 절대 그렇지 않습니다. 다만, 담 공자께서 마음에 드신다면 집주인들을 설득할 자신이 있기에……."

"후우!"

당황하는 황 거간의 모습에 담기명 또한 아차 하는 생각에 급히 기운을 갈무리했다. 자신들이 만나고 있는 거간들은 단순히 장원을 알아봐줄 사람들이 아니라, 자신들의 목소리를 처주부 지부에게 전해줄 사람이라는 것을 잠시나마 잊었던 것이다.

"아무튼……. 누군가에게 강압적으로 집을 팔게 하는 것은 우리 세가의 이름을 실추시키는 것이므로, 그런 일은 절대 받아들일 수 없소이다."

"하하, 여부가 있겠습니까요?"

황 거간이 연신 머리를 조아리는 사이, 담기명은 급히 호흡을 고르며 방금 전의 격앙되었던 마음을 애써 다스렸다. 그리고 슬쩍 대화의 방향을 틀었다.

"그런데 아무리 그래도 여섯 집이나, 집을 팔려고 하다니 보통을 있을 수 없는 일이 아니오?"

"아, 그것이……. 좀 사정이 있는지라……."

황 거간이 난감한 표정으로 말꼬리를 흐렸다. 그 모습에 담기명은 더 캐묻기는 애매하다는 생각에 발걸음을 돌렸다.

"그럼 나는 일단 객잔으로 돌아가 있겠소."

성큼성큼 걸음을 내딛는 담기명의 모습에, 황 거간이 황급히 곁으로 따라붙었다.

"헤헤, 그런데 담 공자님."

"왜 그러시오?"

"이곳 처주 부도에 담씨세가가 완전히 자리를 잡으려 하시는 겁니까요?"

황 거간이 한층 더 사근사근한 목소리로 물었다.

혹시라도 자신이 말한 집들을 사겠다고만 하면 어떻게든 집주인들을 구워삶아 집을 팔게 해보려 했었지만 분위기를 보아하니 그 일을 그른 듯했다. 그러니 다른 목적이라도 이룰 셈으로 따라붙은 것이었다.

황 거간의 말에 담기명이 저도 모르게 움찔했다. 어제 담기령이 거간들을 돌려보낸 후 자신에게 당부했던 말이 떠올랐던 것이다.

"우리가 이곳에 장원을 구하려는 이유를 알고 싶어 몸이
달았을 것이다. 말하지 않아도 먼저 물어볼 게 분명하니 가
만히 기다려 보아라."

담기명은 짐짓 곤혹스러운 표정을 지으며 뒤통수를 긁적
여 보였다. 그리고는 조심스러운 목소리로 말했다.

"실은 형님께서 다른 사람들에게는 말하지 말라고 신신
당부를 하셨던 일이오만, 황 거간께서 우리를 위해 노력해
주셨기에 내 그대에게만 말해주겠소. 단, 절대 비밀은 지켜
줘야 하오."

"어떻습니까?"

구모섭의 말에 담기령은 애매한 표정을 지으며 바로 대
답을 하지 못했다.

담기령의 느린 반응에, 구모섭이 대답을 종용하려는 의
도인지 설명을 덧붙였다.

"부청의 정문에서 쭉 이어지는 영녕대가와 바로 인접해
있는 곳입니다. 포구 쪽으로는 저자가 들어서 있고, 부청
쪽으로는 처주부의 큰 상단들이 자리를 잡고 있지요. 부청
과 아주 가까운 위치는 아닙니다만, 말씀하신 규모라면 여

기보다 더 좋은 자리는 없습니다요."

"말하신 대로 위치는 괜찮은 것 같소이다. 하지만 규모
가 내가 원하던 것보다는 좀 작은 편인 것 같소."

구모섭이 소개한 장원은, 확실히 위치는 더할 나위가 없
었다. 하지만 담기령이 원하던 것에 비하면 규모 면에서는
조금 부족했다. 다른 건 다 들어가는데 연무장이 들어갈 자
리가 없는 그런 애매한 규모.

그제야 담기령의 머뭇거림을 이해한 구모섭이 걱정 말라
는 듯 제 가슴을 탕탕 두드리며 말했다.

"하하, 그거라면 걱정하지 마십시오. 일단 이 장원을 중
심으로 잡으신 후에, 저쪽 남쪽으로 있는 세 채를 더해서
공사를 하시면 될 겁니다."

담기령이 구모섭의 손짓을 따라 시선을 돌리더니, 이내
고개를 끄덕였다.

장원들이 늘어선 자리다 보니, 아래의 집들도 모두 사합
원들이었다. 그 세 채를 더한다면 딱 연무장이 들어갈 정도
의 자리가 나왔다.

"이 장원의 담을 연장해서 아래의 세 채까지 확장하신
후에, 그 세 채의 집을 하인들이 쓸 도좌방으로 잡으시고
이 안쪽의 정원 일부를 공사로 연무장으로 쓰시면 충분하리
라 생각합니다. 그렇게 하면 공사도 많지 않고 비용도 절감
이 되지요. 더불어 저쪽 세 채 중에 한 집은 빈 집이고, 나

머지 두 집 또한 제가 다른 곳에 좋은 집을 알아봐 주면 설득할 수 있을 것 같습니다."

"그럼 여기 이 장원은 주인이 팔 생각이 있소?"

"물론입니다. 한시라도 빨리 집을 정리하고 싶어 하지요."

"흠, 뭔가 사정이 있는 모양이오?"

"아, 그것이 집 주인이 가산을 탕진하여……."

구모섭이 슬쩍 말꼬리를 흐리는 모습에 담기령은 더 이상 캐묻지는 않았다. 아무래도 함부로 이야기를 옮기기가 애매한 내용인 듯했다.

"그렇다면 저쪽의 두 집만, 집주인을 설득하면 된다는 말이구려."

"그렇지요."

"가능하시겠소?"

"하하하, 맡겨만 주시면 수일 내에 공사를 시작할 수 있게 만들어 놓겠습니다요."

환하게 웃는 구모섭에게 담기령 역시 미소를 지으며 고개를 끄덕였다.

"그럼 구 거간만 믿고, 나는 이만 돌아가 보겠소이다."

"헤헤, 절대 실망하실 일 없을 겁니다요. 그런데 담 공자님."

구모섭이 은근한 목소리로 자신을 부르는 모습에, 담기

령은 올 것이 왔다는 생각을 하며 물었다.

"또 하실 말이 남았소이까?"

"다름이 아니라 이곳 처주부에 장원을 구하시려는 이유가, 담씨세가가 처주부 부도에 진출하기 위해서입니까?"

담기령이 단호하게 고개를 저었다.

"그렇지 않소."

"그럼 왜 이리 큰 장원을 구하시는 겁니까?"

"흠, 그것이……. 구 거간도 알다시피 이곳 처주부는 오랜 세월 왜구들의 침범을 당해왔소이다."

"하아, 그렇지요. 그래도 여기 부도는 좀 덜합니다만, 부에 속해 있는 현들은 참으로 힘들지요."

"해서 우리 세가는 예전부터 왜구들이 이곳 처주부에 들어오는 것을 막을 방법을 모색하고 있었소이다. 절강성 전체가 왜구에 시달리고 있는 상황이기는 하지만, 절강성 전체를 우리 세가가 감당할 수는 없는 일이라 일단은 처주부만이라도 왜구들을 막아보자고 생각을 했소."

'헙!'

구모섭은 숨이 턱 막히는 기분이었다. 처주부의 왜구 문제를 해결할 방법이라니.

"그 방법이라는 것이……."

저도 모르게 질문을 던진 구모섭이 냉랭한 담기령의 눈빛에 깜짝 놀라며 손사래를 쳤다.

"하하, 아닙니다. 너무 궁금해서 저도 모르게 그만……."

단순한 방법은 아닐 텐데 주책없이 그런 걸 물어본 입이 원망스럽다. 그나마 다행스럽게도 담기령은 크게 기분이 상하지는 않았는지 이야기를 이어갔다.

"위치상으로 보면 청전현 쪽에 자리를 잡아야 하지만, 청전현은 종혼문이 있는지라 우리가 거기에서 무언가를 하면 괜한 오해를 살 수도 있지 않소?"

"그렇기야 하지요. 아무래도 종혼문에서는 침범당한 느낌을 받게 될 겁니다."

"그러니 일단은 자리를 잡기에 수월한 부도에 장원을 잡는 것이오."

"하아, 대단하십니다!"

구모섭이 진심으로 감탄했다는 표정으로 말했다. 만일 담씨세가에서 준비하는 그 일이 제대로만 된다면, 앞으로 처주부는 왜구의 걱정을 할 필요가 없어졌다.

그리고 그 사실은, 처주부 내에 수많은 변화를 불러일으킬 것이 분명했다.

'특히 상계에 엄청난 바람이 불겠구나!'

왜구는 약탈의 상징이고, 삶의 근간에 대한 오랜 위협이었다. 처주부의 대부분의 상단들이 처주부 부도에 자리를 잡고 있는 이유도 왜구였다. 부도는 다른 곳에 비해서 비교적 안전하기 때문에, 대부분의 상단들이 부도를 근거지로 삼고 있었던 것이다.

그런데 만약 왜구의 위협이 사라진다면, 상단들 또한 자신들이 필요한 위치로 옮길 수 있었다. 그것은 처주부 전체에 풍요로움을 가져다 줄 것이 분명했다.

그럼에도 지금까지 왜구들을 근절할 수 없는 것은, 그것이 단순하지만 절대 쉽지 않은 일인 탓이었다.

그런데 그 일을 담씨세가가 하겠다니.

'가만히 있을 일이 아니다.'

구모섭의 머릿속에 가장 먼저 떠오른 사람은 유제광이었다. 호령상단의 상주이자, 처주부 상인들의 연합인 영녕계의 최고 실력자.

유제광을 떠올린 구모섭이 담기령에게 급히 말했다.

"담 공자님."

"왜 그러시오?"

"내 오늘 낮에 해야 할 일이 있었는데 지금까지 깜빡하고 있다가 지금 생각이 났습니다."

"아, 그러시오?"

"어쨌든 장원의 일은 모레까지 마무리를 지어 다시 찾아 뵙겠습니다요."

"알겠소. 내 구 거간만 믿고 있겠소이다."

담기령의 말에 구모섭이 황급히 포권을 해보이고는, 종종걸음으로 어디론가 급히 움직였다.

그런 구모섭의 뒷모습을 물끄러미 바라보는 담기령의 얼굴에 미소가 떠올랐다.

'내일쯤이면 처주 지부의 귀에도 이야기가 들어가겠군.'

4장
처주 지부 섭문경

"하아아."

처주부 부청의 정문 앞에서 졸음에 겨운 긴 하품 소리가 조용한 적막을 깨트렸다.

동쪽 하늘이 조금씩 밝아오면서, 새벽의 여명이 천천히 사그라지고 있었다. 아직 아침이라고 말하기에는 조금 이른 시간.

보통의 수문위사들이라면, 눈치껏 졸기도 하고 벽에 기대앉아 지친 다리를 쉴 법한 시간이었음에도, 처주부 부청의 정문을 지키고 있는 두 수문위사는 창을 빗겨든 채 자신의 위치를 고수하고 있었다.

긴 하품을 내쉬기는 했지만, 해야 할 일에 대해서는 조금의 흐트러짐도 없는 모습이었다.

하지만 이러한 현상은, 지금 문앞을 지키는 두 수문위사들만의 모습이 아니었다. 처주 부청의 정문을 지키는 모든 위사들이, 적어도 이 시간만큼은 요령을 피우지 않았다.

밀려오는 졸음을 참기 위해 수문위사가 힘차게 도리질을 하는 찰나.

덜컹!

큰소리와 함께 부청 정문의 안쪽에서 빗장을 푸는 소리가 들렸다. 그 소리에 두 수문위사가 한층 더 꼿꼿한 자세를 유지하는 순간, 문이 좌우로 열리며 한 떼의 사람들이 모습을 드러냈다.

그 사람들 중 가장 선두에 선 이는, 삼십대 중반쯤으로 보이는 사내였다. 날카로우면서도 깊이 가라앉아 있는 눈빛에 매부리코, 그리고 고집스럽게 다물어진 두꺼운 입술의 사내.

정사품의 지방관으로서, 처주부의 모든 사안들을 관할하는 처주부 지부(知府) 섭문경이었다.

피곤한 시간인데도 수문위사들이 요령을 피우지 않는 이유였다. 지부인 섭문경이 아주 이른 시간 부도 내부를 순찰하기 때문이었다.

부청을 나서는 섭문경의 뒤로는 고융덕을 포함한 처주부의 동지들에 통판과 추관, 마지막으로 관졸들까지 조심스러운 발걸음으로 따르고 있었다.

섭문경이 부청의 정문에서부터 시작되는 대로인, 영녕대가를 따라 조금 걷자 좌우에서 하나둘 사람들이 나오더니 섭문경에게 포권을 하며 가벼운 인사를 건넸다.

"지부 대인, 밤새 강녕하셨습니까?"

"이제 조금씩 해가 짧아지려는 모양입니다."

그리고 섭문경의 조금 뒤로 나란히 자리를 잡고 따라 걷기 시작했다.

한두 명이 아니었다. 영녕대가를 사이에 두고 자리한 커다란 장원들이 보이지 않을 때까지 그런 사람들이 계속해서 합류했다. 모두 열한 명, 각 장원의 장주들인 동시에 처주부의 내로라하는 상인들이었다.

섭문경은 부임한 첫날부터 새벽녘의 순찰을 하루도 거른 날이 없었다. 그리고 어느 날부터인가 각 상인들 또한 섭문경의 순찰에 동행을 하기 시작했다.

관부와 떼려야 뗄 수 없는 관계인 상인들이, 부의 실권자인 지부와 가까이 지내기 위한 절호의 기회를 놓칠 리가 없었던 것이다.

그리고 상인들의 그런 행동은 섭문경의 노림수 중 하나였다. 상단의 주인들이 이른 시간 일어나 움직이면, 그 아랫사람들은 그에 맞춰 부지런해질 수밖에 없고, 그것은 부도 전체의 부지런함을 불러 올 것이라 예상한 것이었다.

거기에 더해 순찰하는 동안 이야기를 하면서, 상인들을 통해야 할 일들을 빠르고 정확하게 처리할 수 있다는 이점도 있었다.

섭문경의 순찰에 동행할 수 있을 정도의 힘을 가진 상인은 모두 열한 명. 상인들이 모두 모이자, 섭문경이 나지막한 목소리로 물었다.

"준비는 차질 없이 진행되고 있습니까?"

대답한 사람은, 섭문경의 오른쪽에서 걷고 있던 단단한 체구를 지닌 사십대 중년인이었다. 처주부 상계의 최고 권력자인 호령상단의 상주, 유제광이었다.

"내일이면 그 문제를 완전히 해결할 수 있을 것입니다."

"덕분에 부도 내의 말도 안 되는 흉사를 마무리할 수 있게 되었습니다."

"별말씀을 다 하십니다. 이 모두가 백성들을 위하는 지부 대인의 어진 마음 덕분이 아니겠습니까?"

"허허, 그런 말씀은 좋아하지 않는다고 하였습니다만……. 어쨌든 내일이면 그동안 골치를 앓았던 일들이 해결된다니 다행입니다."

"예, 지부 대인. 아, 그런데 혹시……."

유제광이 말끝을 흐리며 무언가 다른 이야기를 꺼내려 하자, 섭문경이 의외라는 눈빛으로 그를 보았다.

평소 유제광은 행동이 무겁고 성격 또한 매우 신중한 편이라, 먼저 이렇게 다른 이야기를 꺼내는 경우가 거의 없기 때문이었다.

"하실 말씀이 있습니까?"

"실은 어제 조금 놀라운 이야기를 듣게 되어, 그에 대해 지부 대인께서 확인을 좀 해주셨으면 해서 말입니다."

섭문경의 얼굴에 흥미가 동했다. 도대체 어떤 이야기이기에, 유제광이 스스로 알아보지 않고 이렇게 자신에게 확인을 청한단 말인가.

"말씀하십시오."

"용천현 담씨세가에 대한 이야기입니다."

"담씨세가?"

섭문경이 저도 모르게 흠칫하는 표정을 지었다.

사흘 전 담씨세가에서 용천현 지현의 소개장을 들고 찾아왔던 것을 기억하고 있었다. 어느 정도의 인물인가 하는 생각에 일단 거절을 했었다. 혹시나 별 볼일 없는 위인이라면 은광은 용천현 지현이 직접 맡도록 할 셈이었다.

그런데 뜬금없이 유제광을 통해 그 이름을 들으니 놀랄 수밖에.

'양 상주가 개인적인 부탁에 이렇게 나설 리는 없고…….'

그렇다면 가능성은 하나밖에 없었다. 유제광이 이렇게 나서서 물어볼 정도의 무언가를 담씨세가가 가지고 있다는 의미였다.

"계속 말씀하십시오."

섭문경이 한층 더 흥미로운 기분을 느끼며 유제광의 말에 귀를 기울였다.

"담씨세가에서 처주부의 왜구 문제를 해결할 방안을 가지고 있다 하더군요. 하지만 그 문제는 그들 단독으로는 불가능한 일, 어떤 식으로든 지부 대인과 이야기가 오가지 않았을까 하는 생각이 들어서 이렇게 여쭙는 겁니다. 게다가 부도 내에 이미 소문이 퍼질 대로 퍼져, 어떤 식으로는 소문의 진상이 밝혀져야 하는 상황이기도 합니다."

"음?"

섭문경의 얼굴에 평소에는 볼 수 없는 당혹스러운 표정이 아주 짧은 시간 스치고 지나갔다.

'허!'

묵직한 무언가가 뒤통수를 후려친 듯한 기분이다. 은광에 대해 이야기하러 온 자들이, 왜구 문제를 해결하겠다는 소문을 뿌리다니. 이 정도면 유제광이 평소와 다른 모습을 보이는 것도 이해가 간다.

'만만하게 보지는 말라는 건가?'

솔직하게 꽤 놀랐다. 하지만 한편으로는 괘씸하기도 했다. 부도 내의 백성들 사이에도 소문이 퍼졌다면, 자신이 직접 그들을 불러들일 수밖에 없기 때문이었다. 즉, 소문을 이용한 일종의 압박인 셈이었다.

'어디까지 제 말에 책임을 질 수 있는지 봐야겠군.'

거기까지 생각한 섭문경이 아직도 자신의 대답을 기다리고 있는 유제광에게 조심스레 말했다.

"일단 이야기는 해볼 생각입니다만, 얼마나 뛰어난 묘책을 가지고 왔는지는 저 역시 알지 못합니다. 어쨌든 만나서 이야기를 나눈 후에 다시 논의를 하도록 하지요."

"예, 그럼 말씀을 기다리고 있겠습니다."

유제광은 섭문경에게 고개를 숙여 보인 후, 슬쩍 시선을 돌려 다른 상인들에게 눈짓을 보냈다. 그들 역시 어젯밤 담씨세가에 대한 이야기를 듣고 유제광을 찾아갔었던 것이다.

그리고 섭문경은 이제는 완연히 밝아진 하늘을 쳐다보며 묘한 미소를 지었다.

'겨우 은광 정도에 목숨을 걸고 덤비겠다는 건가, 아니면 진정으로 왜구를 막을 방법을 가지고 있다는 건가?'

"우리 지부 나리 말씀이십니까? 아아, 그만큼 훌륭한 분도 또 없으시지요. 저야 나이가 어려서 모른다지만, 연세 많은 어르신들 이야기만 들어봐도 그만큼 훌륭한 분은 없다고 말하신단 말이죠."

담기령은 어제 들었던 양백수의 말을 떠올리며 묘한 표

정을 지었다.

'어느 정도의 인물일지.'

양백수만이 아니라 며칠 동안 처주부 부도 내를 나다니며 알아보니, 모든 이들이 대번에 밝은 표정으로 자신들의 지방관을 추앙했었다.

그 정도로 많은 사람들의 한결같은 평이라면 아마도 틀린 말은 아닐 것이다. 적어도 겉으로 보이는 모습 만큼은 백성을 보살피는 훌륭한 관리가 틀림없었다.

그때 부청 안쪽에서 누군가 잰걸음으로 밖으로 나왔다. 며칠 전 보았던 처주부 동지인 고융덕이었다.

"지부께서 기다리고 계시니 안으로 들어오시오."

고융덕이 묘한 표정으로 담기령을 살펴보았다.

자신의 상관인 섭문경이 시험을 하기 위해 내친 사람을, 다시 직접 불러들이는 일은 흔한 일이 아니었다.

'하긴 그 정도면……'

고융덕 역시 부도 내에 파다하게 퍼진 소문을 알고 있기에 섭문경의 반응은 이해할 수 있었다. 다만, 도대체 얼마나 담이 큰 자이기에 그런 허황된 소문을 퍼트리고 다녔는지가 의아할 따름이었다.

해금령이 내려진 후, 그 누구도 해결하지 못했던 왜구들의 문제를 해결하겠다고 호언장담을 하다니.

고융덕이 저도 모르게 고개를 설레설레 저으며 부청 안

으로 걸음을 옮겼고, 담기령이 그를 따라 부청 안으로 들어섰다.

부청의 정문을 포함해 세 개의 문을 지나, 큰 정원을 가로질러 도착한 곳은 섭문경의 개인 집무실이었다.

"지부 대인께 인사올립니다. 용천현 우영촌에서 온 담기령이라 합니다."

담기령이 포권을 하며 인사를 건네자, 섭문경이 자리에서 일어나 마주 포권을 했다.

"처주부 지부인 섭문경입니다. 일단 이리 앉으십시오."

공손하고 정중한 섭문경의 태도에 담기령은 저도 모르게 흠칫하더니, 한층 날카로운 눈빛으로 섭문경을 살피며 자리에 앉았다.

탁자에는 이미 찻잔이 놓여 있었고, 김이 모락모락 피어오르는 따뜻한 찻물이 담겨 있었다.

"이야기를 나눌 터이니 고 동지는 나가 보십시오."

섭문경의 말에 고용덕이 조용히 포권을 하고 방을 나섰고, 마침내 방 안에는 담기령과 섭문경 두 사람만 남게 되었다.

먼저 말을 꺼낸 사람은 담기령이었다.

"이렇게 자리를 마련해 주셔서 감사합니다. 부도에 도착한 직후부터 지부 대인을 칭송하는 사람들의 이야기를 너무 많이 들은 터라 꼭 한 번 뵙고 싶었습니다."

단순한 아부도, 생각없이 건네는 말도 아니었다. 상대에 대한 칭찬은, 어려운 이야기를 매끄럽게 진행하는 데 훌륭한 역할을 한다.

담기령은 어려서부터 차기 공작으로서 교육을 받았었기에, 자신을 낮추지 않고도 상대를 올리며 대화를 하는 방법을 알고 있었다.

"허허, 그랬습니까? 별달리 한 것도 없는데 그런 말을 들으니 살짝 민망하군요."

"자신의 평가에 대해 있는 그대로를 받아들이는 것 또한 백성들을 다스리는 관리로서의 덕목이 아니겠습니까? 호평이 있을 수도 있지만, 악평이 있을 수도 있으니 말입니다. 물론, 지부 대인에 대한 이야기는 칭송밖에 없었습니다만."

"오늘 이 섭 모가 담 공자에게 가르침을 얻었군요. 그럼 그 칭찬은 말씀하신 대로 기쁘게 받아들이겠습니다."

"저야 들은 이야기를 전해드린 것뿐입니다."

그렇게 가벼운 인사치레가 마무리된다 싶은 순간, 섭문경이 난데없는 질문을 던졌다.

"그런데 이렇게 직접 만나본 저는 어떤 사람인 것 같습니까?"

담기령의 얼굴에 잠깐 동안 흠칫하는 표정이 스쳤다.

보통의 관리들이 저렇게 말을 하는 것은, 조금 더 좋은 말을 해달라는 의도일 수 있었다. 하지만 적어도 눈앞에 있는 섭문경은 그런 인물이 아니었다. 말은 자신이 어찌 보이느냐는 것이었지만, 사실은 담기령의 대답을 듣고 담기령에 대해 파악해 보겠다는 의도.

담기령은 조금도 당황하지 않은 표정으로 담담하게 입을 열었다.

"이렇게 직접 뵈니 확실히 범상치 않은 분인 듯합니다."

"범상치 않다고요? 그것 참 모호한 말씀이군요."

"정사품의 지방관께서, 시골에서 올라온 백성에게 이렇 듯 공손하고 정중한 태도를 보이는 경우는 거의 없지 않습니까?"

"단지 그 이유로 범상치 않다고 하신 겁니까?"

섭문경의 얼굴에 약간의 실망감이 떠오르려는 찰나, 담기령의 거꾸로 섭문경의 의표를 찔렀다.

"모든 사람들에게 공손한 사람은 둘 중 하나지요. 진심으로 모두를 존중하거나, 아니면 그 누구도 존중하지 않거나."

섭문경의 두 눈에 이채가 서렸다. 그리고 저도 모르게 피식 웃어 보였다.

자신의 공손한 태도의 이유가 전자인지 후자인지까지 물어볼 필요는 없었다. 어차피 담기령도 알고 자신도 알고 있는 사실을, 굳이 말로 내뱉을 필요는 없기 때문이다.

잠시 서로에게 시선을 마주친 두 사람이 약속이라도 한

듯 찻잔을 들어 조심스레 목을 축였다. 그리고 섭문경이 먼저 말을 꺼냈다.

"담씨세가의 목적은 무엇입니까?"

섭문경이 이렇게 단도직입적으로 본론을 꺼내는 것은, 큰 의미가 있었다. 담기령에 대해서, 더 이상 탐색하고 떠볼 필요 없이 곧장 큰 사안을 논할 정도의 수준은 된다고 인정했다는 뜻이기 때문이었다.

다른 이의 말을 빌려 상대를 칭찬하는 동시에, 조금도 주눅들지 않고 상대에 대한 냉정한 평가를 할 정도의 인물이라면 그에 걸맞은 대우를 해줘야 하는 법.

"첫 번째는 며칠 전 전해드린 소개장입니다."

"첫 번째가 있다면, 두 번째도 있겠군요?"

"소문으로 미리 접하셨겠지만, 처주부 내의 왜구 문제를 일소하는 것입니다."

섭문경의 얼굴에 당혹스러운 표정이 떠올랐다.

"허, 그렇다면 단순히 나를 만나기 위해 만들어낸 소문이 아니라는 말입니까?"

"헛소문으로 이런 자리를 만들었다면, 첫번째 목적도 이루지 못할 것이 뻔한데 그런 짓을 할 리가 없지요."

"좋습니다. 그렇다면 어떤 방법으로 왜구 문제를 일소할 생각입니까?"

"왜구들이 들어오는 물길을 막을 생각입니다."

담기령의 말에 섭문경은 재빨리 자신의 기억을 더듬었다.

'칠 년 전!'

섭문경은 야망이 큰 인물이었고, 매사에 완벽을 기하는 성격이었다. 상인들이나 토호들을 통해 청탁성 뇌물을 받더라도, 그 청탁을 통해 제대로 일을 할 수 없는 자라면 뇌물조차 받지 않는 인물이었다.

그런 성격으로 인해, 섭문경이 처음 이곳에 부임하자마자 한 일이 과거의 업무를 모두 확인하는 것이었다. 그 기록 속에서 지금과 같은 사안에 대한 논의가 있었던 것을 기억해 낸 것이다.

당연히 그 일이 실행되지 않은 이유 또한 함께 기억을 하고 있었다.

"처주부 아홉 개 무문들이 함께 논의를 했음에도 실현하지 못했던 일을, 담씨세가 홀로 이루겠다는 말씀입니까?"

"아닙니다. 처주부의 다른 무문들의 도움을 받을 생각입니다."

섭문경이 고개를 갸웃거리며 담기령을 보았다. 그렇다면 칠 년 전 무산되었던 그 일과 다를 바가 없지 않은가.

그런 섭문경의 생각을 읽은 담기령이 설명을 덧붙였다.

"지부 대인께서는 칠 년 전 그 일이 실현되지 못한 이유를 무엇이라 보십니까?"

섭문경이 멈칫하며 생각에 잠겼다.

'기록상으로는…….'

섭문경이 기억하고 있는 이유는 두 가지였다. 첫 번째는 대규모로 투입되어야 할 무인들에 대한 문제였다. 본문과 멀리 떨어진 무인들의 행동을 일일이 관리하는 것도 어려울 뿐더러, 서로 다른 아홉 개 무문의 무인들이 한곳에 모이니 당연히 발생할 여러가지 충돌에 대해서도 통제가 힘들게 되기 때문이었다.

하지만 무엇보다 중요한 문제는, 돈이었다. 수많은 무인들이 투입되고, 시설을 만들어야 하니 지속적으로 비용이 발생하는 것이었다. 그것을 감당하는 것 또한 큰 부담인 탓에 결국 일은 실현되지 못했었다.

'하지만 그것을 묻는 것은 아닐 터.'

이미 다들 알고 있는 이유에 대해 새삼 물어볼 필요는 없었다. 그렇다면 그보다 다른 이유.

'비용과 관리의 문제가 아니라면? 음?'

섭문경은 겨우 서른일곱의 나이에 정사품의 관직에 오를 정도로 명석한 사람이었다. 관점을 달리하는 순간 곧장 답이 떠올랐다.

"주체의 부재를 말하는 것입니까?"

"예, 정확하게 보셨습니다. 당시에는 아홉 개 무문들이 동등한 위치에서 논의를 했습니다. 그런데 물길을 막는다는 것은 한편으로는 일종의 힘이 되기도 하지요. 그러니 서로

의견이 하나로 모이기 힘들었습니다. 서로 똑같은 비용을 투자하니 당연히 조금의 양보도 힘든 상황이었는데, 한편으로는 거리나 규모 때문에 형평성에도 문제가 있었지요. 하지만 하나의 세력이 주체가 되어 일을 이끈다면 실현될 가능성이 큽니다."

섭문경이 천천히 고개를 끄덕였다. 확실히 담기령의 말대로다. 누군가가 주체가 되어 다른 무문들을 이끌고 정리를 한다면 실현될 가능성이 아주 컸다.

하지만 거기에는 아주 결정적인 문제가 있었다.

"주체가 되어 일을 이끌겠다는 말은, 다른 것 차치하더라도 그에 필요한 비용을 부담하겠다는 의미입니다. 담씨세가에서 그 정도의 비용을 내놓을 수 있겠습니까? 또한, 아무리 담씨세가가 주체가 되어 일을 진행하더라도 다른 무문들이 그것을 그냥 두고 볼 리는 없을 터. 협조하지 않을 가능성 또한 큽니다. 그 문제는 어찌 해결하시려 합니까?"

정확한 지적이었다. 그리고 담기령은 그 방법까지 염두에 두고 있었다.

"비용의 문제는, 은광으로 해결할 생각입니다."

"은광 채굴로 얻은 돈을 모두 왜구를 막는 데 쏟아붓겠다는 말입니까?"

"그렇습니다. 그 대신, 지부 대인께서 도움을 주셔야 합니다."

"나의 도움이라고요?"

"은광 채굴에 필요한 인부들을 조달해 주십시오."

부의 지방관이 채굴에 필요한 인부들을 댈 수 있는 방법은 하나밖에 없었다. 바로 관의 옥에 갇힌 죄수들을, 인부로 투입하는 것이었다.

"나라에서 채굴하는 은광이 아닌데 죄수들을 내달라는 말입니까?"

"하지만 그로 인한 이윤이 왜구들을 막는 데 들어가게 되지요. 충분한 명분은 있다고 봅니다만?"

개인이 채굴하는 광맥에서, 나라에 올리는 세금을 제외하고 가장 많은 비용이 드는 부분이 바로 인부들이었다. 험하기도 하고 몸까지 상하는 일인 탓에, 민간에서 인부를 모집한다면 꽤 많은 수당을 주어야 했다. 하지만 그 인부들을 나라의 죄수로 충당한다면, 꽤나 많은 비용이 절감되는 것이다.

물론 그 죄수들의 숙식과 통제를 책임지는 데도 돈이 들어가기는 하지만, 민간에서 인부를 구하는 것에 비하면 어마어마한 차이가 있었다.

"그로 인해 왜구 문제가 일소된다면, 지부 대인께 득이 되면 됐지, 절대 해가 되지는 않으리라 봅니다."

섭문경이 천천히 고개를 끄덕였다. 죄수들의 노역은 어디까지나 각 지방관의 재량에 의한 것. 왜구를 막는데 드는 비용을 위해 은광 채굴에 죄수들을 동원하는 것은 절대 문제가 될 일이 아니었다.

"그렇게 비용 문제는 해결한다고 칩시다. 하지만 다른 무문들의 협조는 어찌 얻을 셈입니까?"

"현재 저희 세가와 다른 무문들은, 아주 껄끄러운 관계가 된 상태입니다."

섭문경이 곧장 고개를 끄덕였다. 처주부의 지부로서, 처주부 내에 있는 무문들의 동향은 항상 파악하고 있었다. 당연히 지난번 철문방과의 충돌에 대해서, 그리고 다른 무문들의 반응에 대해서도 알고 있었다.

"그들이 저희 세가의 도움을 거절한 그 순간, 그들의 관점에서 담씨세가는 곧 사라질 운명이었습니다. 하지만 결과는 정반대로 나타났고, 그들 입장에서는 절대 두지 말아야 할 악수를 두게 된 꼴이 되었습니다."

철문방과의 충돌로 인해 담씨세가의 위상이 얼마나 올라갔는지는 섭문경 또한 알고 있었다.

"그렇다면 힘으로 그들을 누르겠다는 말입니까?"

"그럴리가 있겠습니까? 하지만 그들의 입장에서는, 우리 담씨세가와의 관계를 다시 정리할 필요가 있습니다."

"그렇겠지요. 불편한 감정을 지우기 위해 노력하거나, 아예 배척하거나 선택을 해야 하는 시점이기는 합니다."

"그러니 우리가 먼저 손을 내밀 생각입니다. 어차피 담씨세가에서 모든 비용을 대는 상황이니, 그들은 무인들을 동원해 주기만 하면 되는 상황입니다. 왜구들이 들어오지 않는다면 일정 비율의 무인들을 다른 곳에 파견하는 것이 그리 어려운 일은 아니지요. 거기에 더해, 저희 세가의 명분이 더 위에 있습니다. 왜구를 막는 일에 담씨세가가 비용을 투자하고 협조를 구했는데 그것을 거절했다는 소문이 돈다면, 그들로서는 아주 타격이 커지지요."

각 무문들이 자신들의 지역에 자리를 잡고 세력을 유지하는 데는 그 지역 사람들과의 유대관계가 반드시 필요했다. 그런데 왜구를 막는 일에 협조하지 않았다는 소문은, 자신들의 입지를 좁게 만드는 결과를 부를 터. 쉬이 거절할 수 없는 일이었다.

하지만 섭문경의 반응은 회의적이었다.

"단순히 명분과 위협만으로 협조를 끌어내기가 쉽지는 않을 거라 생각합니다만?"

담씨세가가 주체가 된다는 말은, 왜구를 막는 일이 성공적으로 실현되었을 경우 자신들은 영원히 담씨세가의 아래에 있을 수밖에 없다는 뜻이었다. 위협과 명분만으로 협조를 끌어내기에는 부족한 부분이 있었다.

"그래서 그 부분에 대해서도 지부 대인께서 도와주셨으면 합니다."

"또 도움이 필요합니까?"

"예, 저희가 영녕강의 물길을 막기 위해 만드는 시설을, 한시적으로 처주부 부청의 소속으로 해주십시오."

"음!"

섭문경이 저도 모르게 신음을 흘렸다. 관부의 시설이라는 말은, 그 시설을 이용하는데 비용이 든다는 말이다. 다시 말해 통행세를 받겠다는 말이다.

잠시 고민하던 섭문경이 고개를 내저었다.

"무리한 요구입니다. 담씨세가가 처주부 내의 모든 물류를 틀어쥐고 있겠다는 말이 아닙니까?"

당연한 반응이고, 담기령 또한 예상했던 말이다. 그러니 그에 대한 대답 또한 가지고 있다.

"염려하시는 부분이 어떤 부분인지는 알고 있습니다. 그렇기 때문에 한시적이라는 단서를 붙인 것입니다."

"즉, 처주부의 모든 무문들이 협조적으로 나올 때까지만이라는 말입니까?"

"정확하게 보셨습니다."

대화에 막힘이 없었다. 굳이 깊이 설명하지 않아도 서로의 의도를 이해하고 바로 그에 맞는 이야기를 한다.

섭문경이 또다시 고민에 잠기더니 난감한 표정으로 입을 열었다.

"처주부내 상단의 반발이 심하지 않겠습니까?"

물길을 막고 통행세를 받는다는 말은, 물건을 유통하는

데 그만큼의 비용이 추가된다는 말이다. 상단들로서는 부담이 될 수밖에 없는 일이니 당연한 걱정이었다.

담기령이 저도 모르게 피식 웃으며 되물었다.

"제 요구가 조금 틀을 깨는 것이라 그런지, 지부 대인께서 한 가지를 놓치신 모양이군요?"

"그게 무슨 말입니까?"

"상단의 상주들이 어떤 사람들인지 잊으셨습니까?"

"아!"

섭문경이 아차하는 표정으로 탄성을 터트렸다. 담기령의 말대로였다.

이미 담씨세가의 이야기는 처주부 부도의 모든 사람들이 알 정도로 소문이 퍼진 상황이었다. 처주부의 모든 상주들은 지금 자신과 담기령의 만남에 촉각을 곤두세우고 있을 것이 뻔했다.

만약 담씨세가의 계획을 자신이 허가하는 순간, 처주부의 모든 상단들이 담씨세가로 뛰어가리라는 것은 자명한 사실이었다.

담기령이 짙은 미소를 지으며 말했다.

"은광에서 채굴하는 은으로 시설을 운영하겠다고 말씀은 드렸습니다만, 채굴이 정상화 될 때까지는 비용이 부족할 수밖에 없습니다. 그러니 저는 그들로부터 도움을 받을까 합니다. 물론 그들은 그 대가로 시설을 무료로 이용하게 되

126

겠지요."

왜구들의 위협이 사라진다면, 상단들로서는 지금까지 왜구들 때문에 추가로 들었던 비용들을 줄일 수 있었다. 그뿐만이 아니라 왜구들 때문에 구상만 하고 실행하지 못했던 사업들을 시작하는 것도 가능했다.

이는 처주부 전체의 발전을 불러올 일이었고, 역으로 생각하면 물류가 한층 더 많아진다는 의미였다.

그런 상황에서 통행세가 면제된다면 충분한 이득이었다.

그리고 처주부 전체가 발전할 경우, 새롭게 처주부에 자리 잡으려 하는 상단들도 있을 터. 통행세의 면제는 신진 세력의 견제 수단으로도 사용될 수 있었다.

한시적인 것이라고는 해도, 상단들의 입장에서는 신진 세력이 들어오는 시기를 늦추는 것만으로도 충분했다. 벌어놓은 시간 동안 자신들이 세력을 확실하게 다져놓을 수 있기 때문이었다.

"한시적이라면, 어느 정도를 생각하십니까?"

"짧으면 일 년, 길어도 이 년을 넘지 않을 것입니다."

그 정도면 나쁘지 않았다. 문서로 작성하여 제약을 걸어놓으면 걱정할 일도 없었다.

"흐음……."

신음 같은 소리를 흘리며 고개를 끄덕이던 섭문경이 묘한 눈초리로 담기령을 보았다.

"또 하실 말씀이 있습니까?"

"갑자기 궁금하군요."

"무엇이 궁금하십니까?"

"담씨세가의 목적이 무엇인지 말입니다. 은광을 통해 벌어들이는 돈은 거의 칠 할 정도가 시설에 들어갈 것이 분명합니다. 다른 무문들의 협조를 받는다고 해도 그 시설을 유지하는 데 드는 액수는 보통이 아니니까요. 즉, 벌이는 일의 거대한 규모에 비해 담씨세가에는 남는 것이 없습니다. 차라리 인부들을 지원받지 않고 자체적으로 인부를 구해 은광을 채굴하고, 왜구를 막는 일은 하지 않는 쪽이 담씨세가에는 더 큰 이익이 될 일입니다. 그런데도 이 일을 하겠다는 이유가 무엇입니까?"

섭문경의 날카로운 질문에 담기령은 편안한 표정으로 대답했다.

"지부 대인의 목표와 비슷하다고 보시면 됩니다."

"내 목적이라고요?"

"일인지하 만인지상의 자리가 지부 대인의 궁극적인 목표가 아닙니까? 그것도 조금도 위태롭지 않은 자리를요. 그렇기 때문에 소소한 일 하나하나에도 완벽을 기하시는 것이 아닙니까? 훗날의 정적들에게 조금의 빌미도 주지 않기 위해서요."

"음!"

명의 조정에는 승상이 존재하지 않는다. 한 사람에게 과도하게 권력이 집주되는 것을 막기 위해, 태조인 홍무제가 승상제도를 폐지한 탓이었다. 즉, 관직 자체로는 일인지하 만인지상의 자리는 없었다.

하지만 그것은 어디까지나 관직 체계상의 한계일 뿐이었다. 태조인 홍무제로부터 지금의 황제까지 이어져 오는 동안, 그런 권세를 지닌 자는 몇 번이나 나왔었다.

속마음을 들킨 탓인지 입을 꾹 다물고 있는 섭문경에게, 담기령이 묵직하게 힘이 실린 목소리로 말했다.

"저는 담씨세가를 처주부 용천현의 작은 세가가 아닌, '절강담가'로 만들고, 무림제일세가라고 불리게 하고 싶습니다."

가문의 이름 앞에 성 단위의 이름을 함께 부른다는 말은, 그 세가가 해당 성을 대표할 수 있을 정도의 이름값을 가지고 있다는 의미다. 그런 이름은 절대 스스로 지을 수 없는 이름, 무림의 모든 이들이 인정을 해야만 불릴 수 있는 이름이었다.

여전히 대답을 하지 않고 있는 섭문경을 향해 담기령이 설명을 덧붙였다.

"훗날의 절강담가를 위한 투자라고 생각해 주십시오."

그리고 섭문경이 나지막한 목소리로 입을 열었다.

"마음에 드는 친구로군!"

순간 담기령의 얼굴에 흠칫하는 표정이 떠올랐다. 지금 껏 흐트러짐 없이 공손한 태도를 취하고 있던 섭문경이, 처음으로 자신에게 하대를 한 것이다. 그것은 섭문경의 지금 말이 한 점의 거짓도 없는 진심이라는 방증.

담기령이 그에 답하듯 목소리에 한층 힘을 주어 말했다.

"감사합니다."

"하지만 마음에 든다는 말이, 전적으로 자네를 신뢰한다는 의미는 아니라는 것 또한 알고 있겠지?"

"물론입니다. 신뢰는 시간을 통해 만들어지는 것이지요."

"그렇다면 되었네. 오늘 담씨세가에서 요구한 것들을 수용하도록 하지. 하지만 오해하지는 말게. 제안한 방법이 실현 가능하다고 판단했기 때문에 수용하는 것이지, 자네가 마음에 들어서 허가해 주는 것은 아닐세."

공과 사의 구분은 철저하다는 말. 왜구의 근절이라는 것이, 해금령 이후 그 누구도 해내지 못했던 일이라는 것을 생각해 보면 아주 대단한 공이었다. 즉, 섭문경이 담기령의 제안을 수용한 이유는, 당연히 그를 통해 자신의 공을 쌓을 수 있기 때문이었다.

"알고 있습니다."

"또 한 가지, 시설을 관부 소속으로 두는 것은 일 년으로 한정하겠네."

기한이 일 년이라는 말은, 일 년 안에 처주부 내 모든 무문들의 협조를 끌어내라는 뜻이었다. 담기령이 과연 자신이 말한 목적을 이룰 수 있을 정도의 능력이 있는지 확인하겠다는 의미이기도 했다.

"저를 좀 더 고생시키고 싶으신 모양이군요. 알겠습니다. 그런데 거기에 한 가지만 더 부탁을 드리고 싶습니다."

"말해보게."

"시설이 관부에 속하게 되는 기한이 한시적이라는 사실은, 비밀로 해주셨으면 합니다."

"나를 어찌 보고 그런 말을 하는 겐가? 당연한 걸 새삼 꺼낼 필요는 없네."

통행세를 걷는 것이 한시적이라는 것이 알려진다면, 다른 무문들이 담씨세가에 협력할 리가 없었다. 그저 그 기한만 버티면 되는 일이기 때문이다.

"죄송합니다."

담기령이 피식 웃으며 사과를 했고, 섭문경 또한 마주 웃어 보이며 고개를 끄덕였다.

그리고 밖을 향해 큰소리로 말했다.

"고 동지는 잠시 안으로 들어오십시오."

잠시 후, 집무실 문이 열리고 고융덕이 안으로 들어왔다.

"부르셨습니까?"

"공문을 작성할 것입니다. 통판에게 준비를 하라 일러주십시오."

고용덕이 깜짝 놀란 표정으로 담기령을 보았다. 지금껏 이렇게 빨리 섭문경의 허가를 받아낸 사람은 단 한 명도 없었던 탓이다.

그러다 자신의 행동이 결례라는 것을 깨닫고 급히 대답했다.

"예, 지부 대인!"

고용덕이 급히 방을 나섰고, 잠시 후 처주부 통판 중 한 명인 초로의 남자가 섭문경의 집무실로 들어섰다.

'지부께서 저 조건을 모두 수락하셨단 말인가?'

섭문경 뒤에서 작성되고 있는 공문서를 읽어 내려가는 고용덕의 눈동자가 심하게 요동쳤다. 꽤 긴 시간 섭문경을 보좌해 왔던 고용덕이기에, 지금 작성되는 공문이 섭문경에게는 아주 파격적이라는 것을 알기 때문이었다.

몇 번의 퇴고를 통해 두 장의 공문서가 작성되었다.

첫 번째 문서는 은광의 채굴권에 대한 허가서였다. 나라에 납부해야 할 세금 비율과 관에서 인부를 공급해 준다는 등의 세부 사항이 함께 씌어 있었다.

그리고 두 번째는 왜구를 막는 시설의 권한에 대한 증명서였다. 해당 시설의 건설과 관리 권한이 담씨세가에 있다는 내용과 그 시설이 처주부 부청의 소속이라는 세세한 내용 또한 들어가 있었다.

그리고 마지막으로 처주부 지부의 직인이 찍히고, 섭문경이 수결함으로써 두 장의 공문서가 제대로 된 효력을 지니게 되었다.

일련의 과정이 마무리된 후, 섭문경은 고융덕과 통판을 밖으로 내보냈다. 그리고 직접 붓을 들어 먹물을 듬뿍 찍은 후, 한 장의 빈 종이에 글자들을 채우기 시작했다.

그 내용을 가만히 살펴보던 담기령이 피식 웃으며 말했다.

"모든 것을 명문화하시려는 생각은 훌륭하십니다만, 굳이 번거로운 일을 하실 필요는 없지 않습니까?"

섭문경이 작성하고 있는 문서는, 왜구를 막는 시설에서 통행세를 걷을 수 있는 기한에 대한 것이었다. 시설이 완성된 날짜로부터 정확하게 일 년 동안만 그 권한을 인정한다는 내용이었다.

하지만 그런 정도는, 굳이 문서로 작성할 필요 없이 처주부에서 일방적으로 통보를 하는 것만으로도 충분한 일이었다.

글을 써 내려가느라 고개를 숙이고 있던 섭문경이 슬쩍 눈동자만 들어 올려 담기령을 보았다. 그리고는 피식 웃으며 말했다.

"이건 나를 위한 게 아니라, 자네를 위한 문서일세."

"예?"

"나나 다른 누군가가 그 권한을 뺏으려 할 때, 일 년 안에는 절대 그럴 수 없는 장치도 필요하지 않겠나?"

섭문경의 성격이 그대로 드러나는 일 처리였다.

"감사합니다."

"나 역시 필요하기 때문에 담씨세가에 일을 맡기는 것이니 잘해보게."

말을 하는 사이 또 한 장의 공문서 작성을 끝낸 섭문경이 직인과 수결을 마쳤다. 그리고 세 장의 공문서를 고급스러운 봉투에 담은 후 담기령에게 건네며 말했다.

"잘해보게."

"후회하지 않으실 겁니다."

"그런 말은 일을 잘 마무리한 후에 하는 걸세. 그리고 또 한 가지 당부하자면, 나는 한시라도 빨리 우리가 신뢰할 수 있는 관계가 되었으면 하네."

"물론입니다."

담기령이 대답과 함께 의미심장한 미소를 지어 보이고, 섭문경 또한 비슷한 표정으로 고개를 끄덕였다.

"아, 그리고 한 가지 더."

"예, 말씀하십시오."

"며칠 안으로 처주부 부도 내의 문제 하나를 처리할 생각인데, 자네가 좀 도와주지 않겠나?"

"어떤 문제입니까?"

"최근 부도 내에 갑작스레 가산을 탕진한 사람들에 대한 문제일세. 일단 대부분 준비는 마쳤지만, 얼굴이 알려지지 않은 사람이 힘을 좀 써주었으면 하는 일이 있어서 그러니 손을 보태줄 수 있겠나?"

부탁하듯이 말을 했지만 당연히 거절할 수 없는 일. 담기령이 조용히 고개를 끄덕였다.

"이것도 신뢰를 쌓아가는 과정이라고 생각하면 되겠군요."

5장
산사의 혈전

"아이고, 이놈아. 이 불효막심한 놈아! 이 애비를 두고 어째서 네가 먼저 간단 말이냐!"

처주부 부도의 대로 위, 한 노인이 길바닥에 주저앉아 대성통곡을 하고 있었다. 지나던 사람들이 걸음을 멈추고 잠시 노인을 보았지만, 이내 가던 걸음을 바삐 걷는다.

"그러게 이 애비가 그리 간곡히 부탁을 했는데 왜 그랬느냐, 왜 그랬어! 불쌍한 니 새끼, 향이는 어쩌자고 그리 갔단 말이냐!"

노인은 누가 듣든 말든 목이 터져라 곡을 해댔다. 어지간히도 억울한 사연이 있는 모양이었지만, 지나는 사람들은 누구 하나 관심을 가지지 않았다.

"아, 노인장! 그만 좀 하시오! 자식 앞세워 보내고 뭐가 그리 좋은 일이라고 그렇게 떠들어 대시오!"

참고 있기가 힘들었는지 집 안에 있던 사람들이 뛰어나와 버럭 소리를 지른다.

그때 바닥에 주저앉아 있는 노인의 위로 커다란 그림자가 드리워졌다.

"어르신, 무슨 일이십니까?"

"허억!"

갑작스레 온몸을 엄습하는 위압감에 노인이 저도 모르게 헛바람을 들이키며 뒤로 벌렁 넘어갔다. 하지만 바닥으로 넘어지려는 찰나, 커다란 손 하나가 노인의 등을 받쳤다.

"죄송합니다. 혹시 제가 도울 일이 없나 해서 여쭤봤는데, 되레 놀라게 해드렸군요. 우선은 진정하시고 말씀해 보십시오."

노인은 그제야 정신을 수습하고 자신의 등을 받쳐 주고 있는 손의 주인을 보았다.

범상치 않은 기운이 느껴지는 약관쯤 되어 보이는 청년이었다.

보통 장정들보다 한 뼘은 더 커 보이는 키에 단단한 체구. 그리고 체격에 걸맞은 각진 얼굴에는 짙은 눈썹과 부리부리한 눈, 굵은 입술이 자리 잡고 있었다. 거기에 허리춤에는 꽤나 공들여 만든 것이 분명한, 긴 세월 사람의 손을 거친 듯한 한 자루 장검이 걸려 있었다.

청년이 노인을 일으켜 세운 후, 정중하게 포권을 하며 말했다.

"소생은 백무결이라 합니다. 괜찮으시다면 이 백 모에게 말씀해 주시겠습니까? 아, 여기서는 힘드실 듯하니 목이라도 축이실 겸 객잔으로 가시지요."

"고, 고맙네."

평소라면 낯선 청년의 이런 행동에 일단 의심을 품었을 테지만, 지금 노인은 그런 것을 따질 수 있는 상태가 아니었다. 누구라도 자신의 이야기를 들어주는 것만으로도 고마운 일이었다.

"크흑!"

백무결을 따라 객잔으로 들어선 노인이 방금 전까지 그렇게 기력을 뺐다는 것도 잊은 채 독한 술을 한잔 들이켰다.

"건강 상합니다."

백무결이 조금 놀라 말려보았지만, 노인은 연거푸 세 잔을 더 들이켰다. 곧장 취기가 오르는 듯 노인의 얼굴이 금세 벌겋게 달아올랐다. 그제야 노인의 이야기가 시작되었다.

"반년쯤 전인가? 여기 부도의 저자에 중 하나가 나타났소."

"중이요?"

백무결이 아까 들은 것과 전혀 상관없는 듯한 서두에 고개를 갸웃거렸다. 하지만 노인은 자신의 이야기에만 집중할 뿐이었다.

"운산이라는 중이었는데, 이 중이 저잣거리에서 행패를 부리는 파락호들 앞을 막고는 이렇게 말을 하는 거요. '인세에 해악이 되는 중생들이로다.' 하고 말이오. 아, 그런데 그 개도 안 물어갈 것 같던 파락호 놈들이 갑자기 대성통곡을 하면서 그 중 앞에서 절을 해대면서 잘못했다고, 죽여 달라는 게 아니겠소?"

"아주 뛰어난 스님이신 모양이군요?"

"스님은 개뿔. 그게 무슨 스님인가? 땡추지, 땡추!"

칭찬할 것처럼 서두를 꺼내놓고, 갑자기 땡추라니. 백무결이 갈피를 잡을 수 없는 노인의 말에 당혹스러운 표정을 지었지만, 노인은 그러거나 말거나 자신의 이야기에만 집중하고 있었다.

"그래서 그날 그 파락호 놈들이 난데없이 머리를 밀고는 땡추의 제자가 되었단 말이오. 그러니 저잣거리에 소문이 어떻게 났겠어? 천하에 다시 없을 법력 높은 대사님이 나타난 게 되는 게지."

"그렇겠군요."

"그래서 이 땡추 놈이 저어기 풍공령 중턱에 있는 보길사에 자리를 잡았소. 당연히 사람들이 시줏돈을 싸들고 절의 문턱이 닳도록 드나들기 시작했단 말이오. 그런데 갑자기 이상한 일이 벌어지는 거야. 아, 제 놈들 당장 먹을 것도 없는 판국에 절에다가 돈을 싸 짊어지고 가는 것들이 생기는 게 아닌가!"

처음에 반공대였던 노인의 말투가 어느새 하대로 바뀌었지만, 노인도 백무결도 그런 것에는 신경 쓰지 않았다.

"어떤 놈은 아들 낳게 해달라, 어떤 놈은 돈 좀 많이 벌게 해달라, 저어기 서생 놈은 관직에 나가게 해달라. 그러면서 아주 전 재산을 들어다 바쳤지. 듣자하니 소문에는 그 운산이라는 땡추한테 욕을 보인 아낙들도 한둘이 아니야."

"그, 그런 자가 있단 말입니까?"

백무결의 목소리에 은은한 노기가 깃들기 시작했다. 하지만 기력이 빠진 상태로 술을 마시는 바람에, 이미 꽤나 취해 버린 노인은 여전히 이야기를 이어갔다.

"그런데 하필이면 내 아들 놈이 그 빌어먹을 놈들 중에 하나였던 게야! 며느리는…… 으흑흑흑!"

노인은 차마 입에 담을 수 없다는 듯 어깨를 들썩이며 흐느끼기 시작했다.

"내가 그렇게 말렸는데도 안 듣더니……. 어느 날 며느리가 갑자기 정신을 차리고는…… 그만 자결을 해 버린 게야! 그리고 며느리가 죽은 다음에야 정신을 차린 아들 놈도 충격을 못 이기고…… 아이고, 향아!"

노인의 손이 술병을 움켜쥐더니 입을 벌리고 술을 쏟아 붓는다.

"그런 사교 무리가 이곳 부도에 있단 말입니까!"

버럭 내지르는 백무결의 호통에 객잔 안이 찬물을 끼얹은 듯 조용해진다.

"향아, 애비도 죽고 어미도 죽고…… 으흑흑흑!"

그저 노인의 곡소리만이 울려 퍼질 뿐이었다.

"풍공령, 풍공령…… 보길사라 하셨습니까?"

백무결이 으스러지도록 주먹을 불끈 쥔 채 물었다. 하지만 노인은 이미 대답을 할 수 있는 상태가 아니었다.

백무결의 시선이 주변에서 밥을 먹고 있던 사람에게로 향했다.

"보길사라는 곳으로 가려면, 어찌해야 합니까?"

"그, 그것이 부도 북문으로 나가서 길을 따라 쭉 올라가면…… 헉!"

한 줄기 세찬 바람이 부는 듯하더니, 다음 순간 백무결의 모습이 보이지 않았다.

"이 할애비와 살자. 이제 세상 천지에 너랑 나랑 둘밖에 없구나……."

노인의 한탄만이 나지막이 객잔 안에 울려 퍼질 뿐이었다.

"아미타불, 빈승이 운산입니다. 저를 찾으셨다고 들었습니다만 거사께서는……."

한 승려가 공손히 합장을 하며 담담한 목소리로 말을 이었다. 그리고 마주 앉은 유생 차림의 사내가 마주 포권을 하며 인사를 했다.

"용천에서 온 문도섭이라 합니다. 보길사 주지스님이신 대사의 법력이 높다는 소문이 멀리 용천까지 퍼져, 말씀을 나누어 봤으면 하는 마음에 찾아뵈었습니다."

"아, 문 거사이시구려. 허허, 그나저나 법력이 높다니요? 빈승을 그저 속세를 떠나 부처님의 길을 공부하는 사람일 뿐입니다. 그런 이야기가 퍼졌다니 이거 참 부끄럽습니다."

겸양하며 고개를 흔드는 운산은, 말 그대로 속세의 모든 것을 버리고 오로지 불법에만 전념하는 고승의 모습이었다.

'역시 사기를 치려면 저 정도는 되어야지.'

그런 운산의 모습을 살피는 문도섭, 아니, 담기령의 두 눈에 짧은 시간 날카로운 빛이 스쳤다.

아들을 낳게 해준다거나 부자가 되게 해준다. 혹은, 벼슬길을 열어준다는 말로 사람들을 홀려 모든 재산을 뺏고, 아녀자들을 욕보인 것이 눈앞에 있는 운산이었다.

하지만 얼굴만 보자면 세상에 다시없을 자애로운 고승으

로 보였다. 목소리 또한 담담하고 나지막이 울리는 것이 절대 사기꾼으로 보이지 않는다. 이러니 사람들이 홀려서 스스로 재산을 바치고 신세를 망치는 것도 어쩔 수 없는 일이지 싶었다.

담기령이 장원을 구하려 할 때, 부도 안에 빈집이 많았던 이유가 바로 눈앞의 운산이었다.

물론 처주부 지부인 섭문경의 입장에서는 절대 흘려 버릴 수 없는 이야기였다. 그리고 담기령이 지금 이곳에서 운산을 독대하고 있는 이유이기도 했다.

그러는 사이 운산이 슬쩍 말을 이었다.

"허나 찾아온 객을 그냥 돌려보내는 것 또한 부처님의 가르침이 아닌 바, 빈승이 이야기라도 들어드리겠습니다."

스스로 낚이고 싶어 찾아온 물고기를 돌려보낼 낚시꾼이 어디 있겠는가. 운산이 선심이라도 쓰듯 미끼를 던졌다. 그리고 담기령 또한 준비해 두었던 미끼를 던졌다.

"소생이 실은…… 거의 오 년째 과거 시험을 준비하고 있습니다. 그런데 잠을 줄여가며 공부를 하건만 늘 과거에는 낙방하여 너무 답답한 지경입니다."

이는 담기령이 아닌, 섭문경이 미리 만들어 준 이야기였다. 담기령 정도의 나이인 사람이 꺼내기에 가장 무리가 없는 이야기. 운산이 기다렸다는 듯 미끼를 덥석 물었다.

"허허, 저야 속세를 등진 사람입니다만 장부라면 황제

146

폐하를 위해 일하는 것 또한 큰길로 가는 길이지요. 그런데
제대로 안 풀린다니 얼마나 마음이 답답하시겠습니까?"

'흡!'

순간 담기령의 두 눈에 당혹스러운 빛이 번졌다.

'단순히 사기를 치는 게 아니었군!'

보통 사기꾼의 얼굴은 절대 사기를 칠 것처럼 보이지 않
는다. 오히려 순하고 착한 인상을 가지고 있는 경우가 대부
분이다. 그래야만 상대에게 믿음을 줄 수 있기 때문이다.
그런 면에서 볼 때, 운산은 사기꾼으로는 타고난 외형이었
다.

그런데 운산에게는 그 외에 다른 무기가 하나 더 있었다.
눈동자 깊은 곳에서 갑작스레 피어오르는 요사스러운 한 줄
기 빛. 인간의 그것 같지 않게 번들거리는 눈동자가 담기령
의 시선을 사로잡았다.

"사람이 원래 있을 자리는 하늘이 만들어 주는 것이라고
들 하지요. 이는 다시 말해 학식만이 아니라 운 또한 따라
줘야 하는 일이 아니겠습니까?"

운산은 눈빛만이 아니라 목소리까지 묘하게 변해 있었다.
이상하게도 사람의 마음을 방심으로 이끌어내는 나른한 목
소리.

담기령의 눈동자가 격하게 흔들렸다.

'이, 이건!'

당혹감이 점점 커져 갔다. 무언가 잘못되고 있는 것을 알고 있는데도 시선은 운산의 두 눈에서 떨어지지가 않고, 귀를 막아야 한다는 생각이 드는데도 점점 더 귀를 기울이게 되는 상태. 정신이 아득해지는 느낌이 들면서 도저히 다른 행동을 할 수가 없는 기이한 경험.

'가, 가만! 그리고 보니, 이런 무공이 있다고 했었는데?'

「중원의 무림에는 참으로 신기막측한 무공들이 많단다.」
「어떤 거요?」
「예를 들어 섭혼술이라는 게 있지.」
「섭혼술?」
「사람의 마음을 흔들고 사로잡아, 자기 마음대로 부릴 수 있는 무공이란다.」
「에이, 마법도 아니고 그런 무공이 어디 있어요?」
「허허허, 하긴 이 할애비도 본 적은 없단다. 흘러가는 소문 중에 그런 이야기를 들었던 게지. 이 할애비의 생각에도 그건 누가 지어낸 이야기일 것 같구나.」

'진짜 존재하지 않습니까!'
마음속으로 억울한 듯 버럭 소리를 질러보았지만, 현 상황을 타개하는 데는 아무런 도움이 되지 않는 일이었다. 그렇다면 지금 할 수 있는 일을 해야 했다.

"스흐읍!"

이를 악물고 억지로 숨을 들이마셨다. 가늘지만 긴 호흡을 통해 폐부 깊숙히 들어찬 숨이 단전에 고요하게 가라앉아 있던 뜨거운 기운을 촉발시켰다.

전신의 경맥으로 공력이 퍼지는 동시에 아득했던 정신이 다시 또렷해지는 느낌이 들었다. 공력이 전신의 혈을 자극하며 정신을 빼앗기를 것을 되돌린 것이다.

그때 운산의 목소리가 들렸다.

"음? 네놈!"

운산의 표정이 돌변했다. 공력을 일으켜 자신의 섭혼술에 대항하려 한 것을 눈치챈 것이었다.

"어디서 온 놈이냐?"

예의 그 요사스러운 눈빛과 나른한 목소리는 변하지 않았지만, 말하는 내용이 바뀌었다.

"누가 보내서 왔느냐?"

동시에 품 안으로 들어갔다 나온 운산의 손에, 입고 있는 가사와는 어울리지 않는 날카로운 비수가 들려 있었다.

반사적으로 몸을 일으키려던 담기령이 곧장 생각을 바꾸고 움직임을 멈췄다.

'당한 척하는 것이 낫겠군.'

운산의 반응으로, 자신이 섭혼술에서 완전히 벗어났다는

사실을 눈치채지 못했다고 판단한 것이었다. 그렇다면 괜히 힘을 쓰는 것보다는 방심시킨 후에 제압하는 쪽이 수월했다.

담기령이 고통스러운 표정을 지으며 어깨를 부르르 떨었다. 물론, 의도적으로 내보이는 모습이었다.

운산이 미소를 지어 보였다.

"그런 짓이 소용이 있을 줄 아느냐? 헛된 저항은 포기하거라. 내 미담공(迷潭功)에 걸려든 이상, 대항하면 할수록 오히려 심마가 깃들게 될 것이다."

하지만 입으로 뱉은 내용과 달리 마음속으로는 꽤 긴장하고 있었다. 지금껏 이 정도로 버텼던 자가 없었던 탓이다.

까드득!

운산의 엄포가 소용이 없었는지 담기령의 이 가는 소리가 나직하게 울려 퍼졌다.

그 반응에 운산의 얼굴에 불쾌한 표정이 떠올랐다. 그리고 그로 인해 운산의 얼굴은 한층 더 기괴하게 변했다. 요사한 눈빛과 사람을 꾀는 미소에 불쾌한 표정이 얽힌 탓. 그런 기괴한 얼굴로 운산이 비수를 들어 올리며 말했다.

"이 칼에는 섭심산(攝心散)이라는 독이 발려 있다. 한 번 중독된 순간, 내 미담공에 더욱 깊이 빠져들게 되지."

말은 그렇게 했지만 사실이 아니었다. 하지만 그의 미담공은 사람의 마음을 홀리는 심공이었다. 그것을 이용해 섭심산이라는 것이 진짜 존재한다고 믿게 만든 후, 칼로 찔러 버리면 상대는 스스로의 덫에 걸려 미담공에 한층 더 깊이 빠지게 되는 효과가 있었다.

그전에 그의 얼굴에 떠올랐던 불쾌함은, 이런 수법까지 쓰게 되어 자존심이 상한 탓이었다.

"네놈이 어디까지 대항할 수 있을지 두고 보는 것도 재미가 있겠구나."

쉐엑!

말이 끝나기가 무섭게 운산의 비수가 둘 사이의 허공을 갈랐다.

빠악!

"컥!

요란한 소음과 함께 운산의 비명이 방 안 가득 울려 퍼졌다. 뒤이어 담기령의 섬뜩한 목소리가 나직이 울려 퍼졌다.

"네놈의 그 간악한 짓거리도 오늘로 끝이다."

"네, 네놈 설마!"

운산이 당혹스러운 목소리로 외쳤다. 이런 반응은 자신의 미담공이 소용이 없었다는 뜻. 그 말은 이 사내의 무공이 자신보다 더 높다는 반증이었다.

'최소한 절정. 어디서 이런 자가?'

머릿속으로 아까 들었던 말을 더듬는 순간, 하나의 이름이 떠올랐다.

"요, 용천현! 담씨세가?"

그 역시 귀가 있으니 소문을 들어 알고 있었다. 그리고 그것을 확인시켜 주듯 담기령이 천천히 고개를 끄덕였다.

"담씨세가가 왜……."

운산으로서는 이해할 수 없는 일이었다. 담씨세가의 사람이 처주 부도까지 올 수는 있겠지만, 이렇게 먼 곳에서 벌어지는 일에 굳이 관여할 이유가 없지 않은가.

"네놈이 지금까지 한 짓거리를 섭 지부께서 눈감아주실 거라 생각했던 거냐? 설마 섭 지부가 이런 일을 몰랐을 거라는 멍청한 생각을 한 건 아니겠지?"

운산의 얼굴에 또 한 번 이해할 수 없다는 표정이 떠올랐다. 그 역시 처음 이 일을 준비하면서 처주부 지부인 섭문경이 마음에 걸렸었다. 하지만 이 일을 벌인 것이 벌써 반년이었다. 그사이 소문을 들어도 벌써 들었을 텐데 아무런 반응이 없기에 이 정도는 신경을 안 쓴다고 생각했던 것이었다.

그런데 이제 와서 왜 갑자기 이러는지 이해가 되지 않는다.

"다만, 너는 물론 너와 손을 잡고 일을 꾸민 놈들까지 한꺼번에 잡기 위해 때를 기다렸던 것뿐이다."

생각지도 못한 말에 운산이 눈을 부릅떴다. 그러고 보면 오늘은 그들이 오기로 했던 날이었다.

운산이 급히 표정을 바꾸며 담기령을 향해 으르렁거렸다.

"흥! 아무리 네놈의 무공이 대단하다 해도, 이곳에 있는 모든 인원을 혼자서 어찌할 수 있을 거라 생각하느냐? 그 중 한 명이라도 절을 빠져나간다면 모두 수포로 돌아갈 것이다!"

그때 바깥에서 갑자기 소란스러운 소리가 들렸다.

"한 놈도 빠짐없이 잡아들여라!"

"저기 도망가는 놈이 있다!"

"으아아악!"

다시 한 번 운산의 표정이 돌변했다. 뒤이어 담기령의 비웃음 섞인 목소리가 들렸다.

"설마 이런 일을 하는데 나 혼자 왔을까?"

그사이 소란스럽던 바깥이 순식간에 조용해졌다. 밖에 있던 수하들이 모두 제압당했다는 뜻이었다.

"어디서 저런 무인들을!"

아무리 생각해 봐도 담씨세가의 무인들은 아니었다. 대충 가늠해 봐도 바깥에는 적어도 오십여 명의 무인들이, 자신의 수하들을 제압하고 있었다. 하지만 담씨세가에서 그 정도의 무인들이 움직였다면, 자신이 소문을 듣지 못했을 리가 없었다.

부청의 관졸들 또한 아니었다. 그의 수하들은 처음 처주부에 왔을 때 미담공을 이용해서 제압한 파락호들이었다. 그들에게는 잠력을 끌어올려 공력으로 쓸 수 있게 해주는 약을 먹인 상태였다. 수명이 수십 년은 줄어드는 독이었지만, 어차피 쓰고 버릴 패였기에 상관은 없었다. 어쨌든 그런 수하들을, 부청의 관졸들이 제압할 수 있을 리가 없었다.

하지만 운산은 더 이상 대답을 들을 수 없었다. 갑자기 뒤통수에 뜨끔한 통증이 이는가 싶더니, 그대로 정신이 아득해진 탓이었다.

삐이이이익!

그때 어디선가 높은 매 울음소리가 울렸다. 동시에 담기령이 있던 방문이 벌컥 열리며 누군가 안으로 뛰어들어 왔다.

"형님, 놈들이 방금 일주문을 지났다고 합니다!"

동생인 담기명이었다.

"절 내부는 모두 제압한 것이냐?"

"물론입니다."

"그럼 준비하자꾸나."

담기령의 말에 담기명이 등에 짊어지고 있던 커다란 궤짝을 벗어 바닥에 내려놓았다. 그리고 담기령이 마음속으로 외쳤다.

'흑야, 창월!'

검은 안개와 푸른빛이 한꺼번에 터져 나오며, 어느새 담기령의 온몸에 흑야가 착용되고 손에는 창월이 들렸다. 담기명이 짊어지고 있던 궤짝은 빈 상자였는데, 담기령이 갑작스레 흑야와 창월을 들고 나타난 것을 얼버무리기 위한 물건이었던 것이다.

그사이 담기명이 품에서 흔치 않은 형태의 끈 두 개를 꺼내 들었다. 흰색과 검은색의 긴 천 조각을 새끼줄처럼 꼬아 놓은 끈이었다.

두 사람은 흑백의 끈을 하나씩 들고 서로의 오른쪽 상박에 끈을 동여매주었다. 난전이 벌어질지도 모르는 상황이라 피아를 구분하기 위한 물건으로, 적이 눈치채고 따라할 수도 있다는 생각에 특이한 모양으로 만든 것이었다.

그때였다.

"담 공자!"

갑자기 문이 벌컥 열리며 한 중년 사내가 안으로 뛰어들었다. 사내는 난데없이 갑주를 걸치고 있는 담기령의 모습에 잠시 놀라는 표정을 짓더니, 이내 다급한 얼굴로 말했다.

"놈들의 수가 예상했던 것의 두 배라 하오!"

중년 사내는 처주부 부도의 상단에 고용되어 있던 무인이었다. 밖에서 운산의 수하들을 제압한 이들 역시 마찬가지.

담기령이 살짝 인상을 찡그렸다.

"그러게 인원이 부족할 거라고 몇 번이나 말을 했는데!"

중년 사내를 향한 것이 아닌, 이 자리에 없는 섭문경을 향한 말이었다. 하지만 당장 다른 수가 있는 것이 아니었다.

담기령이 담기명을 향해 급히 말했다.

"너는 당장 섭 지부에게 가서 이 사실을 알리고 증원을 청하도록 해라."

"여기는요?"

"일단은 시간을 끌면서 버티는 수밖에 없다."

"위험합니다!"

"다른 방법이 없지 않느냐? 어서 가라!"

담기령의 호통에 담기명이 질끈 눈을 감더니, 곧장 밖을 향해 달렸다.

그리고 담기령은 중년 사내를 향해 무거운 표정으로 말했다.

"무리한 행동은 자제하고 어떻게든 놈들의 발을 묶는 일에만 집중해 주십시오."

"알았소!"

중년 사내가 뛰어 나가고, 담기령도 미리 정해 둔 자신의 위치를 향해 뛰기 시작했다.

"기명 공자?"

섭문경이 놀란 표정으로, 가쁜 숨을 몰아쉬고 있는 담기명을 보았다. 아직 시간이 되지도 않았는데 그가 나타났다는 것은 무언가 일이 틀어졌다는 뜻.

"무슨 일입니까?"

다급한 섭문경의 물음에, 담기명이 턱까지 차오른 숨을 억지로 삼키며 힘겹게 말했다.

"놈들의 수가 예상했던 것의 두 배라 합니다!"

"헉!"

섭문경이 당혹스러운 표정으로 헛바람을 들이켰다.

'그의 예상이 들어맞았군!'

작정을 하고 준비를 했는데, 가장 중요한 순간에 무언가 잘못되다니.

섭문경이 이를 악문 채 고개를 내저었다.

'몇 달을 공을 들여 준비를 했는데, 마지막 순간에 일을 망칠 수는 없지.'

섭문경이 운산에 대한 보고를 받은 것은 넉 달 전의 일이었다. 그리고 자초지종을 들은 순간, 섭문경은 무언가 이상하다는 것을 눈치챌 수 있었다.

운산의 행동을 전형적인 사교의 행태였다. 하지만 사교 집단으로 보기에는 보길사의 규모가 너무 작았다.

그렇다고 혼자서 꾸민 일이라고 보기도 힘들었다. 그 일로 인한 여파가 너무 큰 탓이었다. 보통 홀로 움직이는 사기꾼들은 상대가 당했다는 것을 눈치채기 전에 사라지는 것이 일반적이었다. 그런데 운산은 당사자가 아닌 제삼자가 눈치챌 정도로 일을 벌이고 있었다.

앞뒤가 맞지 않는 상황에 섭문경은 곧장 처주부 상인 연합인 영녕계의 실권자들을 불러들였다. 그리고 영녕계 소속 상단의 정보력을 동원해 운산에 대해 조사를 시작했다.

그 후 알게 된 것은, 운산이 주기적으로 누군가를 만난다는 사실이었다. 다시 말해 운산에게 배후가 있다는 뜻. 섭문경은 집요하게 그 배후를 파고들어 갔다.

그리고 얼마 전, 전체적인 그림을 파악할 수 있었다.

운산의 배후는, 절강성 남쪽의 복건성에 있던 구흥방이라는 흑도방파였다.

구흥방은 반년 전쯤 세력 싸움에 밀려 근거지를 잃게 되었는데, 새로운 근거지로 절강성 처주부를 노린 것이었다.

그 과정에서 구흥방 방주 정세도의 심경에 변화가 왔다. 이번에는 그냥 자리를 잡는 것이 아니라 신분을 바꿔 지역의 새로운 정도 방파가 되고자 한 것이었다.

흑도 방파로 살아가기에는 아무래도 명분에 밀리는 일이 많았고, 정파라고 자처하는 것들이 툭하면 시비를 걸어오니 이래저래 피곤한 일이 잦았다. 어차피 복건성에 있을 당시 꽤 많은 밑천을 모았기에, 이제는 안정적인 정도 방파로 살면 되겠다고 생각한 것이었다.

그리고 그 첫 번째 밑작업이 바로 운산이었다. 섭혼술을 쓰는 사기꾼을 끌어들여, 그를 사교의 우두머리로 만드는 것.

두 번째는 그 운산과 보길사 중들을 처치하면서 처주부 부도에 자리를 잡는 것이었다.

백성들의 고혈을 빨아먹는 요승을 처단하는 것으로 이름을 알리고, 정도 방파로서 새로운 신분을 얻는 것이었다.

물론, 운산을 진짜 죽일 필요는 없었다. 그가 데리고 있던 수하들만 처치하고, 운산의 시체는 가짜로 만들면 된다.

그러면 운산은 제대로 한몫 챙길 수 있고, 자신들은 완전히 깨끗한 신분이 되는 것이었다.

조사 끝에 그러한 일련의 과정을 알게 된 섭문경은, 정세도는 물론 운산과 구흥방 모두를 일망타진하기로 마음먹은 것이었다.

하지만 사실 다른 방법이 없는 것은 아니었다. 구흥방과 정세도에 대한 수배를 내리는 방법이 있었다. 그리되면 구흥방은 처주부에 들어올 엄두를 낼 수 없게 되니 다른 문제가 생기지 않는 것이다.

하지만 모든 일을 완벽하게 마무리해야만 하는 섭문경의 성격상, 그런 식의 마무리는 있을 수 없었기에 지금과 같은 준비를 한 것이었다.

그리고 오늘이 바로 구홍방이 일련의 과정을 마무리하기 위해 찾아오는 날이었고, 섭문경에게는 그들을 일망타진하는 날이었다.

그런데 지금 그 일에 문제가 생긴 것이다.

'영녕계의 정보가 틀렸을 리가 없는데?'

하지만 어쨌든 결과는 틀린 것으로 나왔다. 그렇다면 지금 할 수 있는 일은 하나밖에 없었다.

"육 추관!"

섭문경의 말에 처주부 부청의 추관인 육소헌이 큰소리로 대답했다.

"예, 지부 대인!"

"지금 당장 관졸들을 끌고 가서 보길사를 포위하십시오."

추관은 관청의 병졸인 정용과 포쾌, 포두를 이끄는 위치. 섭문경의 명령이 떨어지기가 무섭게 주변에 대기하고 있던 포두와 포쾌들이 무기를 들었다. 그리고 육소헌과 함께 정용들을 이끌고 달리기 시작했다.

뒤이어 섭문경이 품에서 무언가를 꺼내 담기명에게 건네며 말했다.

"이 서신을 호령상단의 유제광 상주에게 전해 주십시오."

"알겠습니다!"

160

섭문경은 사람이 부족할지도 모른다는 담기령의 말을 흘려들은 것이 아니었다. 그럼에도 더 많은 무인들을 동원할 수 없었던 것은, 상단에 고용된 낭인들을 지원하는 것에 대해 난색을 표한 탓이었다.

한편으로는 자신들의 정보가 틀릴 리가 없다는 강경한 주장도 한몫을 했었다. 자신의 위치가 상인들보다 더 위에 있기는 하지만, 무조건 누르는 것은 좋지 않았기 때문에 일단 한 발 물러섰던 것이었다.

하지만 담기령의 말을 무시할 수는 없었다. 그래서 만약의 상황에 대비해 미리 서신을 써두었던 것이다.

담기명이 뺏듯이 서신을 받아들고 급히 경공을 펼쳤다.

"시간 안에 닿아야 할 텐데⋯⋯."

섭문경이 불안한 눈으로 풍공령 고갯길을 쳐다보았다.

"음?"

백무결이 옅은 신음과 함께 급한 걸음을 멈춘 곳은, 보길사의 편액이 걸린 일주문 밑이었다. 그리고 산등성이 쪽으로 잠시 귀를 기울이더니 묵직하게 고개를 끄덕였다.

아까부터 산 위쪽에서 들려온 요란한 소리에 혹시나 하는 생각으로 걸음을 재촉하고 있었는데, 지금 설마 했던 생각이 확신으로 바뀐 것이었다.

'누군가 나선 게 분명하군!'

확신과 동시에 백무결이 땅을 박찼다. 동시에 백무결의 신형이 흐릿한 잔상을 남기는가 싶더니, 어느새 산길을 날 듯이 달리고 있었다.

씨잉, 씽!

세찬 바람이 귓바퀴를 훑고 지나가고, 주변의 풍광이 흐릿하게 변했다.

'저들은!'

보길사와의 거리를 빠르게 좁혀가던 백무결의 눈에 이채가 어렸다. 보길사 주변을 에워싸고 있는 백여 명의 관졸들을 본 탓이었다.

'관에서 운산을 잡아들이려 하는 것인가?'

하지만 그 생각이 떠오른 순간 곧장 고개를 저었다.

'다른 무언가가 있다.'

지금 귓전에 맴도는 소리로 보건데 보길사 안에서는, 아무리 적게 잡아도 백여 명 이상이 싸우고 있었다.

운산을 포함한 보길사의 가짜 승려들만으로는 있을 수 없는 일이었다. 그렇다는 것은 무언가 다른 사연이 있다는 뜻.

'음모!'

머릿속에서 대번에 상황이 정리됐다.

'운산에게 배후가 있었군!'

운산이 한 짓은, 한 개인이 파락호 몇 데리고 저지를 수 있는 일이 아니었다. 당장은 별 탈이 없겠지만, 언젠가는 뒷감당을 해야 하는 상황으로 갈 수밖에 없기 때문이었다. 바꾸어 말하면 어떤 식으로든 마무리를 할 수 있는 커다라 배후가 있기 때문에 가능한 일이라는 뜻.

그렇다면 해야 할 일은 하나였다.

"후읍!"

한껏 숨을 들이킨 백무결의 신형이, 관졸들 틈을 스쳐 빨려들 듯 보길사 경내로 들이닥쳤다.

"젠장!"

입에서 절로 욕이 튀어나왔다.

'젠장, 설마 이래서 날 밀어 넣은 건 아니겠지?'

담기령은 인상을 잔뜩 구긴 채 미친 듯이 사지를 놀렸다.

"크아악!"

비명과 함께 피가 튀고 사지가 갈렸다. 그렇게 시체가 늘어나지만, 또 다른 누군가가 담기령을 향해 도검을 휘둘렀다.

'틀려도 제대로 틀렸어!'

영녕계에서 전해온 말로는, 구홍방의 전력은 아무리 많아도 백을 넘지 않을 거라 했었다. 하지만 싸움이 일어난 후, 담기령의 손에 죽은 이만 거의 백 명에 가까웠다.

거기에 절정 수준의 고수는 아무리 많아도 세 명 정도라고 했었다. 그런데 대충 눈대중으로 봐도 열은 넘었다.

담기령은 물론, 이번 일에 투입된 상단의 낭인들을 모두 죽일 작정이 아니고서야 이렇게 틀리는 게 이상할 정도다.

이대로 있다가는 이쪽이 전멸당하는 것은 불을 보듯 뻔한 상황이었다.

물론 담기령 혼자만은 어떻게든 무사할 수 있겠지만, 나머지는 살 가능성이 현저히 떨어졌다.

"후욱, 훅!"

담기령은 차분하게 호흡을 유지하며 마음을 가라앉히고 주변을 살폈다.

지독한 난전이었다.

담기령처럼 상박에 흑백의 끈을 동여맨 이들이 사십여 명. 그렇지 않은 이들, 정세도가 이끄는 구흥방 방도 백여 명. 합이 백오십 명에 가까운 무인들이 보길사 경내에 중구난방으로 뒤엉켜 피를 뿌리고 있었다.

"크아아악!"

비명이 난무하고 사방으로 붉은 선혈이 튀어 올랐다. 땅바닥은 물론 불당의 지붕이나 석탑, 담장 곳곳에 시체가 널려 있다.

그중 백오십여 구의 시체가 구흥방 방도들이었고, 나머지 열 구 정도의 시체가 이번 일에 투입된 낭인들이었다.

난전인데다 수적으로도 열세가 분명함에도, 결과적으로

는 우세를 점하고 있는 상황. 하지만 담기령의 일그러진 표정은 좀처럼 펴질 줄을 몰랐다.

바로 아군이 분명한 낭인들의 태도 때문이었다.

누구 하나 적극적으로 나서는 이가 없었다. 쉴 새 없이 주변을 살피며 방어에만 치중할 뿐, 제대로 칼을 휘두르는 자는 열에 한 명 정도밖에 없었다.

그 탓에 담기령에게 몰리는 적들의 수가 과도하게 많아졌고, 아무리 베어 넘겨도 적들의 수가 줄어드는 것 같지가 않았다.

사방에 널브러져 있는 백오십여 구의 구홍방 방도들의 시체 중, 백여 구가 담기령에 의한 것이었으니 더 설명할 필요도 없었다.

"죽기 싫으면 싸워!"

참다못해 버럭 소리를 질렀지만, 낭인들의 태도는 한결같았다. 사실 이렇게 극심한 난전이 된 까닭부터가 저런 소극적인 태도 때문이었다.

'젠장, 세가의 무인들이었다면!'

그들이었다면 무공에서 조금 딸리더라도, 명령을 하면 바로바로 반응을 하고 그대로 움직여 주었을 것이다. 그랬다면 이렇게 난전으로 치닫는 상황도 오지 않았을 터. 이 년간 야전에서 구르고 구른 담기령의 용병술이라면 이미 구홍방을 모두 정리했을 수도 있는 상황이었다.

"망할 것들!"

입에서는 쉴 새 없이 욕이 튀어나왔다.

무공이 약해서 그러는 거라면 억지로라도 이해를 해보려 했을 것이다. 하지만 이번 일에 투입된 이들 중, 절정에 이른 이가 다섯 명이나 있었고 대부분이 일류 수준의 무인들이었다. 그리고 죽은 십여 명의 낭인들이 이삼류의 수준.

반면 구홍방은 열 명 정도의 절정급 고수들을 빼면 대부분이 이삼류 수준이었다.

자신들보다 한 수 처지는 적들을 두고, 단지 상대의 수가 많다는 사실만으로 저렇게 소극적인 태도를 보이니 싸움이 말도 안 되는 상황으로 흘러가는 것이 당연했다.

낭인들 중, 일류 수준의 무인 두 명만 담기령을 도왔어도 이 정도로 열세에 몰리지는 않았을 것이다.

그런데 지금 상황은 오히려 흑도 방파였던 구홍방이 훨씬 더 용맹하게 싸우고 있는 상황이었다.

담기령의 눈동자가 날카롭게 사방을 훑었다.

'정세도!'

이런 난전을 가장 빠르게 마무리하는 방법은, 적장의 목을 베는 것밖에 없었다. 하지만 초반 담기령의 무시무시한 기세에 놀란 정세도가 가장 후방으로 빠지는 바람에 거기까지 가는 길이 멀기만 했다.

'제기랄!'

담기령은 한층 더 인상을 구기며 이를 악물었다. 아무리 전장에서 이 년을 굴렀다 해도, 한 번의 전투에서 이 정도로 사람을 베어 넘기면 인간인 이상 질리는 것이 당연했다.

'그래도 하는 수밖에!'

쿠웅!

"하아앗!"

거센 진각과 함께 한껏 기합을 내질렀다. 동시에 피로 물든 창월이 호쾌한 궤적을 그렸다.

사방에서 수많은 병장기가 담기령을 노리고 날아들었다.

챙, 채채챙!

하지만 그 어떤 병장기도 팔황불괴공의 완벽에 가까운 방어를 뚫지 못했다. 그리고 하나같이 창월의 칼날에 갈려 나갔다.

"서라!"

담기령의 손에 다시 스물의 구홍방도가 피를 뿌리며 쓰러진 순간, 어디선가 호통과 함께 날카로운 기운이 엄습해 왔다.

"읍!"

담기령이 황급히 호흡을 끊으며 두 발을 멈췄다.

'절정!'

날아드는 기운으로 상대의 수준을 가늠하는 순간, 다시 두 줄기의 날카로운 기운이 담기령을 노리고 날아들었다.

모두 네 명.

담기령이 살짝 몸을 움츠리는가 싶더니 세차게 몸을 날렸다.

묵직한 바람 소리가 울려 퍼지고, 그와 함께 담기령의 신형이 어마어마한 속도로 튕겨 나갔다.

땅, 따당!

달려들던 네 사내의 반응은 신속했다. 담기령이 땅을 박차는 순간 앞쪽의 두 사람이 적극적으로 나서며 담기령의 도격을 막아냈다.

"끄으윽!"

창월에 실린 무지막지한 압력에 신음을 흘리고 어깨를 떨면서도, 두 발만큼은 굳건하게 땅을 밟고 온몸으로 버티고 선다. 동시에 좌우의 두 사내가 낮은 자세로 파고들었다.

담기령은 당연하다는 듯 팔황불쾌공으로 두 줄기의 검격을 맞이했다.

차앙!

왼쪽에서 날아드는 공격을 팔뚝으로 튕겨내고, 오른쪽의 공격을 어깨로 받아내려는 찰나, 소리도 없이 담기령의 품 안으로 뛰어드는 또 다른 다섯 번째 그림자가 있었다.

쉐에에엑!

날카로운 바람을 한껏 안은 채, 두 자루 단검이 쇄도했다.

까가강!

역시나 팔황불괘공의 철옹성 같은 방어를 뚫지는 못한다. 하지만 담기령 또한 조금은 난감한 상황을 맞이할 수밖에 없었다.

다섯 명의 절정 무인들에게 에워싸인 상황. 몇 수 겨뤄보지는 않았지만, 원래부터 함께 다니던 자들인지 다섯 명이 거의 한 사람이라도 된 듯 기가 막히게 손발이 맞아떨어졌다.

창월의 푸른 도신이 호쾌한 궤적을 그리며 포위망을 두드렸다. 하지만 다섯의 절정 무인은 절대 무리하게 덤벼들지 않았다.

오히려 은근슬쩍 거리를 두며 담기령이 포위망을 벗어나는 것만을 기를 쓰고 막았다.

"흐아앗!"

기합과 함께 창월에 맺힌 아지랑이가 허공에 희뿌연 잔상을 뿌려댔다.

그아앙!

징이라도 두드리듯 묵직한 소리가 사방으로 퍼져 나갔다.

"끄아아악!"

저 멀리서 비명이 울려 퍼졌다. 상단에서 나온 낭인들의 죽음을 알리는 비명 소리.

담기령의 발을 묶어두고, 나머지를 처리하려는 속셈이었다.

"후우읍!"

담기령이 크게 호흡을 들이켰다. 상대가 소극적으로 나온다면, 이쪽은 더욱 적극적으로 나서는 수밖에.

깊은 호흡과 동시에 전신의 공력을 온전히 두 발로 모았다.

콰드득!

땅의 흙이 짓이겨지는가 싶은 순간, 담기령의 신형이 시위를 벗어난 화살처럼 시커먼 잔상과 함께 그대로 쏘아져 나갔다.

까아아앙!

"칫!"

세 자루 도검이 동시에 담기령의 창월을 막아섰다. 동시에 날카로운 바람 소리와 함께 담기령의 뒤에서 두 줄기 섬뜩한 검격이 날아들었다.

하지만 담기령의 무공은 팔황불괴공. 갑옷을 걸친 것만으로도 어지간한 공격은 모두 와해시킬 수 있는 최강의 방어 무공이다.

까강!

요란한 소리와 함께 두 줄기 검격이 그대로 튕겨 나갔다. 하지만 담기령 역시 소득이 없었다.

공격을 튕겨 내는 순간, 다섯 사내가 다시 거리를 벌리며 포위망을 유지한 것이다.

담기령이 날카로운 눈으로 다섯 사내를 노려보았다.

그때였다.

"이놈들!"

웅혼한 공력이 실린 사자후가 보길사 경내를 뒤흔든다. 동시에 커다란 그림자 하나가 담기령이 있는 곳으로 내리꽂혔다.

"끅!"

담기령을 포위하고 있던 다섯 사내 중 하나가 갑자기 목이 꿰뚫린 채 그대로 무너져 내렸다.

그리고 담기령은 그 기회를 놓치지 않았다.

남은 네 명의 절정 무인이 당황하는 찰나, 그대로 정면을 향해 쇄도해 들어갔다.

"크아아악!"

네 줄기 비명이 솟구쳤다.

그리고 뒤돌아선 담기령 앞에는 커다란 체격의 사내가 서 있었다.

6장
협사, 그리고 기연

보길사 담장 위에 올라선 백무결 앞에 펼쳐진 것은, 지독한 난전이었다.

"어느 쪽이지?"

백무결의 눈이 빠르게 전황을 살폈다.

'흑백의 끈을 묶은 쪽이 한편, 없는 쪽이 한편. 어느 쪽이 운산과 한패지?'

흑백의 끈을 묶은 자들이 그렇지 않은 이들과 싸우고 있으니 어떤 식으로 편이 갈려있는지는 단번에 이해가 되었다. 그렇다면 남은 문제는 자신이 어느 쪽을 도와야 하는가.

상황의 판단을 위해서 선행되어야 하는 것은, 눈으로 보고 알고 있는 것을 바탕으로 그 일의 앞뒤 정황을 최대한 사실에 가깝게 유추해 내는 일이었다.

백무결의 머릿속에 처주 부도로 들어선 이후의 상황들이 동시에 떠올랐다.

'요승 운산과 그 배후, 처주 지부 섭문경, 관졸들.'

처주 지부가 훌륭한 지방관이라는 이야기는 부도에 들어선 이후 몇 번이나 들었던 이야기였다. 다시 말해, 보길사를 포위하고 있는 관졸들은 섭문경이 요승 운산을 잡기 위해 배치해 둔 이들일 가능성이 컸다.

'즉, 준비된 싸움!'

머릿속의 복잡한 생각이, 흑백의 끈을 동여맨 이들을 도와야 한다는 결론으로 자연스레 이어졌다. 보통 저런 식으로 피아를 구분하는 것은, 싸움을 준비하고 있는 이들이 하는 것. 다시 말해 흑백의 끈을 맨 자들이, 운산과 그 배후를 잡기 위해 기다리고 있었다는 의미였다.

그대로 전장으로 뛰어들려던 백무결이 저도 모르게 주춤하며 인상을 찡그렸다.

"난감하군!"

흑백의 끈을 묶은 자들의 태도가 더없이 소극적인 탓이었다. 공격을 위해 준비하고 있던 자들이 오히려 소극적인 모습을 보여준다는 것은 이해할 수 없는 일이었다.

하지만 이해를 하든 못하든 상황은 난전이었고, 이대로

가다가는 흑백의 끈을 묶은 이들이 전멸당할 것은 뻔한 일이었다.

문제는 겨우 한 사람의 힘을 보탠다고 전황이 유리하게 바뀌지는 않을 거라는 데 있었다.

그렇다면 가능한 방법은 하나밖에 없었다.

'금적금왕(擒賊擒王).'

삼십육계의 제십팔계, 적을 이기기 위해서는 적장을 먼저 잡아야 하는 법. 백무결의 두 눈이 문제의 적장을 찾기 위해 전장을 훑었다.

그때 유독 눈에 들어오는 한 사람이 있었다. 시커먼 갑주를 입고 온몸을 이용하는 기묘한 무공을 쓰는 자였다. 그리고 흑백의 끈을 묶고 있는 이들 중, 가장 적극적이고 저돌적으로 싸우고 있는 자이기도 했다.

'저쪽을 도와야겠군.'

저 사람을 돕는다면, 적장을 잡는 것이 좀 더 손쉬워질 것이 분명했다.

"타잇!"

호쾌한 기합과 함께 백무결의 신형이 전장으로 떨어져 내렸다.

"돕겠소이다!"

쩌렁쩌렁 울리는 외침에 담기령은 저도 모르게 눈앞의

사내를 살폈다.

"백무결이라 하오!"

'뭐지?'

반사적으로 의문이 들었지만, 적어도 한 가지는 분명했다. 지금 이 보길사 안에서 유일하게 자신에게 도움이 될수 있는 사람이라는 것.

"구홍방 방주 정세도를 잡아야 하오!"

담기령이 외침과 동시에 거센 진각을 밟으며 앞으로 나섰다. 그에 따라 백무결 또한 한 걸음 앞으로 나섰다.

"끄아아악!"

상대해야 할 적이 늘어난 데다, 한 사람이 죽는 바람에 다섯 사내의 포위망은 여지없이 무너졌다.

무공 수준 자체는 비슷했지만, 갑작스러운 상황과 동료가 죽었다는 당혹감에 주저하는 사이 이미 칼이 밀고 들어오고 있었던 것이다.

"크아아악!"

사방으로 비명이 난무했다. 끊임없이 이어지는 비명과 함께 어지러운 전황의 한가운데가 쩍 벌어지며 붉은 피로 이루어진 피의 선이 그어졌다.

'뭐, 저런 무공이 다 있지?'

백무결은 쉴 새 없이 검을 놀리면서도 나란히 선 담기령의 무공에 경악을 금치 못했다.

오로지 공격 일변도, 방어 따위는 철저히 무시하고 상대를 죽이는 데만 초점이 맞추어진 저돌적인 무공이었다.

하지만 단지 저돌적이기 만한 무공이라서 놀란 것이 아니었다. 공격 일변도의 저돌적인 도법과 갑주를 이용해 모든 공격을 막아내는 기묘한 무공이 하나로 엮이며 그야말로 완벽에 가까운 무공이 되는 것에 놀란 것이다.

자신의 무공, 서하공에 견주어도 조금도 손색이 없을 정도로 뛰어난 것이었다.

'역시 세상은 넓구나!'

서하공은 무림에서도 일절로 손꼽히는 무공이었다. 담백하기 짝이 없는 성격의 선사께서도, 서하공에 대해서 만큼은 아무런 가감없이 무림에서 세 손가락 안에 꼽힐 무공이라 말했을 정도였다.

그런데 단 한 번도 생각해 본 적 없는 무공이, 자신의 서하공과 밀리지 않을 정도로 대단하니 놀라는 것은 당연한 일이었다.

'정통의 정통!'

놀라기는 담기령 또한 마찬가지였다. 키는 물론 체구까지 커다란 사내가, 한 자루 장검으로 펼치는 검공은 더없이 완벽에 가까웠다.

들고 나는 호흡과 내딛는 걸음, 초식과 초식 사이의 흐름, 공수일체의 빈틈 없는 초식들. 정통의 정통을 밟아 그

끝에 이르면 바로 저런 것이 아닐까 싶을 정도로 대단한 무공이었다.

담기령이 펼치고 있는 도법은 팔황철꾕도. 팔황불쾌공과 완벽한 조화를 이루어내며 공수일체의 묘를 이끌어내는 무공으로, 케인 드레이크를 대륙 최강의 마스터로 이끌어준 무공이었다.

케인 드레이크는 두 무공을 함께 팔황무(八荒武)라 불렀었는데, 백무결의 무공은 그 팔황무에 견주어도 조금도 떨어지지 않는 대단한 무공이었다.

하지만 무엇보다 두 사람을 놀라게 한 것은 따로 있었다.

"헉!"

"흡!"

두 사람의 입에서 동시에 당혹성이 터져 나왔다. 그와 함께 두 눈에 짙은 불신이 떠올랐다.

'뭐지?'

'잘못 본 건가?'

비슷한 생각이 두 사람의 머릿속에 떠올랐지만, 그것에 대해 생각해 볼 틈은 없었다.

휘이잉!

창월이 거대한 바람을 안으며 정면에 있던 세 명의 구흥방도를 향해 횡으로 도격을 내질렀다.

그 순간, 백무결의 장검이 날카로운 파공성과 함께 정면을 향해 삼검을 내질렀다.

"끄아악!"

세 줄기의 단말마가 울리는 것과 동시에 담기령과 백무결이 다시 한 번 당혹성을 내질렀다.

'서, 설마?'

똑같은 의문이 떠올랐다. 하지만 여전히 미심쩍다. 짧은 순간 서로의 눈길이 마주쳤지만, 여전히 자신들이 본 것을 믿지 못한다.

그런 와중에도 덤벼드는 적들은 파도처럼 밀려오고 있었다.

쿠웅!

담기령이 진각과 함께 땅을 박차며 온몸을 그대로 앞으로 내던지듯 뛰쳐나갔다. 그와 함께 백무결 또한 쾌속하게 보법을 밟으며 앞으로 몸을 날린다.

쉬쉬쉿!

검기를 한 겹 덧씌운 백무결의 장검이 허공에 세 개의 점을 찍었다. 그와 동시에 담기령의 창월이 그 허공에 갈지자를 그리며 도격을 내지른다.

도격과 검격이 거의 동시에 정면을 향해 뿌려진 순간.

두 사람이 동시에 와락 인상을 찡그리며 병장기를 쥔 손에 잔뜩 힘을 주었다.

"어?"

"이, 이런!"

하지만 세 번째 실성이 터져 나왔다. 서로의 병장기가 부딪치는 것이 당연한 순간. 그렇기에 인상을 쓰며 손에 힘을 주었던 두 사람이었다.

그런데 부딪치기는커녕, 검격과 도격이 서로의 빈 공간을 메우며 그린 듯한 광경을 펼친 것이다.

가히 천의무봉.

두 눈으로 보고도 믿지 못할 정도로 두 무공이 완벽한 조화를 만들어내는 것이었다.

기원에서부터, 만들어진 장소, 시대마저도 다른 데다 그 자체로 완벽에 가까운 두 무공이 이렇게까지 조화가 된다는 것은 등골이 오싹할 정도로 놀라운 경험이었다.

한 걸음, 한 걸음 내디딜 때마다 두 사람의 도검이 완벽에 가까운 호흡을 만들어내고 있었다. 절대 그렇지 않다는 것을 알고 있는 본인들조차도, 처음부터 합격술로 만들어진 무공들이 아닌가 의심할 정도였다.

두 무공이 서로 끌어주고 밀어주며 어마어마한 상승효과를 이끌어냈다. 그리고 그러한 현상은, 그 완벽한 호흡이 담기령과 백무결 각자에게 새로운 경지를 보여주고 있다는 것.

두 사람의 주변으로 단말마의 비명이 쉴 새 없이 울려 퍼졌다. 그리고 마침내 두 사람의 도검이 정세도 앞에 도착했다.

"네 이놈들!"

정세도가 버럭 호통을 내지르며 철곤을 휘둘렀다. 하지만 이미 무아지경에 이른 두 사람의 합격에, 정세도의 철곤이 속절없이 잘려 나갔다.

"크헉!"

원통한 표정으로 신음을 흘리는 정세도는, 담기령과 백무결의 칼과 장검에 양팔이 잘려 나간 채 최후를 맞이했다.

"정세도가 죽었다!"

어디선가 커다란 외침이 터져 나왔다. 구홍방 방도들에게 정세도는 단순히 자신들의 방주가 아닌, 현재 유일하게 기댈 수 있는 인물이었다.

그런 방주의 죽음은 구홍방 방도들에게 커다란 절망이 되는 것은 당연한 일. 반면, 이 일에 참가했던 낭인들에게는 크게 사기를 진작시키는 외침이었다.

"잡아라!"

갑자기 태도를 바꾼 낭인들이 노도와 같은 기세로 구홍방 방도들을 몰아붙이기 시작했다.

"헉, 허억!"

그사이 담기령과 백무결은 멍한 표정을 한 채, 각자 자신만의 깨달음에 깊이 빠져 있었다.

생각지도 못한 상황에서 갑자기 찾아온 깨달음은 당혹스럽지만, 모든 무인들이 꿈에도 바라 마지않는 그런 순간.

"후우!"

두 사람이 거의 동시에 탁한 숨을 뱉으며, 깊은 관조의 늪에서 헤어 나왔다.

그렇게 두 사람이 정신을 차렸을 때는 이미, 구흥방 방도들 대부분이 죽거나 사로잡힌 후였다.

두 사람이 서로 시선을 마주치며 어색한 표정을 지었다. 아무래도 상황이 정상적이지는 않았던 탓. 머뭇거리던 백무결이 몇 번 헛기침을 하더니 정중하게 포권을 하며 말했다.

"소생 백무결이라 하오. 상황이 급한 듯하여 끼어들었는데, 혹여 폐가 되지는 않았는지 모르겠소이다."

"용천현 담씨세가의 담기령이오. 덕분에 위험한 상황에서 벗어날 수 있었소이다. 감사하오."

"도움이 되었다니 다행이오."

그때 보길사 문이 열리며 관졸들이 쏟아져 들어왔다. 그리고 섭문경과 담기명이 이쪽을 향해 다가왔다.

"무사하십니까, 담 공자?"

섭문경의 말에 담기령이 묘한 표정으로 말했다.

"놈들의 전력이 예상 밖으로 너무 많아 고전했습니다."

전력이 부족할 거라 누차 강조했던 담기령의 입장에서는 그런 볼멘소리를 할 수밖에 없는 상황. 섭문경이 난감한 표정으로 말했다.

"영녕계의 태도가 너무 강경하여 더는 힘이 들었습니다. 그래도 이렇게 잘 끝났으니 다행이지 않습니까?"

"이쪽의 백 공자께서 도움을 주어 무사히 일을 마칠 수 있었습니다."

그제야 섭문경의 시선이 백무결에게로 향했다.

"처주 지부 섭문경입니다. 자칫하면 백성들을 괴롭히던 흑도의 수괴를 놓칠 뻔하였는데, 도움을 주셨다니 감사합니다."

"별말씀을, 마땅히 해야 할 일을 했을 뿐입니다."

"일단 이곳의 일은 육 추관이 정리할 테니, 두 분은 저와 함께 내려가시지요."

말을 마친 섭문경이 앞장을 서고, 그 뒤로 담기령과 담기명이 따랐다. 마지막으로 잠시 머뭇거리던 백무결이 걸음을 옮겼다.

쪼로록!

맑은 소리와 함께 고급스러운 찻잔에 찻물이 담겼다. 찻잎 역시 꽤 좋은 물건인 듯 그윽한 차향이 금세 방 안에 한

가득 넘쳐 났다.

찻잔에 적당할 정도의 찻물이 따라지자, 섭문경이 차주전자를 내려놓고 조심스레 백무결에게 찻잔을 내밀었다.

"뭐라 감사를 드려야 할지 모르겠습니다. 소협의 도움으로 백성들을 괴롭히던 사기꾼은 물론, 그 배후에 있던 놈들까지 잡을 수 있었습니다."

건네받은 찻잔을 내려놓은 백무결이 가볍게 손사래를 치며 말했다.

"마땅히 해야 할 일을 했을 뿐입니다. 과한 칭찬에 오히려 제가 몸 둘 바를 모르겠습니다."

"겸양의 덕까지 갖추었으니 그거야말로 협사의 모습이 아니겠습니까? 꽤 많은 무인들을 보았지만, 백 소협만큼 협의가 넘치는 분은 정말 오랜만에 봅니다."

거듭된 섭문경의 칭찬에 백무결이 얼굴을 벌겋게 물들인 채 어색한 웃음을 터트렸다.

"하하, 민망한 말씀을 하시는군요."

그때 한자리에 앉아 있던 담기령이 백무결을 향해 물었다.

"결례가 되지 않는다면, 사문을 알 수 있겠습니까?"

지금 담기령의 가장 큰 관심사였다. 보길사에서 있었던 그 기묘한 경험으로 인한 흥분이 아직 채 식지 않은 탓이었다.

"석하공(夕霞公) 문하에서 무공을 사사했습니다. 함자는 백, 운 자, 서 자를 쓰시고 서하검휘(曙霞劍輝)라는 외호로 불리셨습니다. 제 이름도 스승님께서 당신의 성을 따서 붙여주신 이름입니다."

"검협!"

경악에 찬 외침을 터트린 이는 담기명이었다. 모두의 시선이 담기명에게로 쏠리고, 담기령이 궁금한 표정으로 물었다.

"아는 이름이냐?"

"왜 모르겠습니까? 하늘 아래 그 누구도 검협 앞에서 협을 논할 자가 없다는 얘기도 있지 않습니까?"

모르는 게 오히려 이상하다는 시선을 던지던 담기명이, 이내 아차 하는 표정으로 뒤통수를 긁적였다.

담기령이 사라졌던 오 년 전, 당시의 그는 무림의 일에 대해 크게 관심을 가지지도, 이야기를 들을 기회도 없었던 때였다. 그러니 모르는 것도 당연한 일인 것이다.

정작 담기령은 다른 이유로 모르고 있는 것이었지만 그런 속사정까지는 중요하지 않았다. 담기령이 백무결을 향해 조심스러운 어투로 말했다.

"제가 중원을 떠나 있다 돌아온 지 얼마 되지 않아 무림의 인사에 대해 어두운 편입니다. 이해하십시오."

담기령의 말에 백무결이 상관없다는 듯 대답했다.

"신경 쓰지 마십시오. 스승께서는 세속의 허명에 대해 그리 관심을 두지 않으시던 분입니다. 그리고 저 또한 그리 생각하니 마음 쓰실 것 없습니다."

두 사람의 대화 사이에 섭문경이 슬쩍 끼어들었다.

"검협의 위명은 저 또한 들어서 알고 있습니다. 꽤 오래 전에 은거하셨다고 들었는데 지금은 어디에 기거하십니까?"

"두 달 전에 등선하셨습니다."

백무결의 말에 섭문경이 흠칫하는 표정으로 급히 사과를 했다.

"아, 그런 줄 모르고 결례를 저질렀습니다."

"괘념치 마십시오. 선사께서는 천수를 누리셨다 말씀하시고, 가시는 길 또한 편안히 가셨습니다."

"그렇군요."

섭문경이 무안한 표정으로 슬쩍 대화에서 빠졌다. 그리고 백무결이 담기령을 향해 물었다.

"저 역시 귀공의 사문을 알 수 있겠습니까? 담씨세가라는 말은 들었습니다만, 무공 자체가 일반적인 무공과는 그 궤를 달리하는 듯했습니다만?"

"따로 사문이 있지는 않습니다. 방금 말씀드린 대로 제가 서역 너머에서 한동안 지낸 적이 있습니다. 그곳에서 지내다 보니, 그곳의 무공 방식이 자연스레 가전의 무공에 녹

188

아들었다고 보시면 될 듯합니다."

"새, 새롭게 창안을 했다는 말입니까?"

백무결이 깜짝 놀라 물었다.

"창안이라고 하기는 좀 힘듭니다만……."

그러다 백무결이 뒤늦게 또 다른 충격을 받은 표정으로
말했다.

"하, 그 정도로 다른 두 무공이 그렇게나 절묘하게 조화
가 되다니, 이 백 모가 오늘 크게 안계를 넓혔습니다."

"저 또한 놀라기는 마찬가지입니다. 귀공의 무공 덕분에
저 또한 오늘 새로운 영역에 발을 들여놓았습니다."

"하하, 저 또한 마찬가지입니다."

두 사람의 대화를 가만히 듣고 있던 담기명이 깜짝 놀란
표정으로 외쳤다.

"형님!"

"왜 그러느냐?"

"새로운 깨달음을 얻으셨단 말입니까?"

담기령이 아무렇지도 않은 얼굴로 고개를 끄덕이며 말했
다.

"나는 물론, 여기 백 공자도 같은 경험을 했다."

"허!"

담기명이 멍한 표정으로 제 형과 백무결을 보았다.

무공에 입문하여 수련만으로 오를 수 있는 수준은 절정

의 경지가 한계였다. 그다음으로 가기 위해서 필요한 것이 바로 깨달음이었다.

하지만 원한다고 얻는 것도 아니고, 아무 때나 찾아오는 것도 아닌 것이 바로 그 깨달음의 순간이다. 그런데 한 사람도 아닌 두 명의 절정의 무인이, 거의 동시에 깨달음을 얻어 한 단계 앞으로 나아갔다고 하니 어디에도 이런 기사(奇事)는 없으리라.

그런데 정작 그 당사자들이 덤덤한 표정으로 저러고 있으니, 담기명으로서는 기가 찰 수밖에 없었다.

"축하드립니다!"

어쨌든 기쁜 일이었다. 무인에게 있어서 자신의 한계를 깨고 더 높은 경지에 올랐다는 것은 그 무엇보다 축하받을 일이 아닌가.

하지만 담기령은 여전히 덤덤한 표정으로 고개를 끄덕였다. 지금 당장 그보다 더 중요한 일이 있기 때문이었다. 그리고 그 중요한 일을 하기 위해서는 따로 자리가 필요했다.

담기령이 백무결을 향해 정중하게 포권을 하며 말했다.

"백 공자 덕분에 오늘 많은 것을 얻었습니다. 가능하다면 따로 대접을 하고 싶은데, 어디에 묵으시는지 그리고 부도에 얼마 동안 계실지 알 수 있겠습니까?"

자연스러운 권유인 동시에, 정중한 축객령이었다. 백무

결이 조용히 고개를 저으며 말했다.

"대가를 바라고 한 일이 아닙니다. 운산이라는 요승의 행태를 좌시할 수 없다고 생각해 나선 것뿐입니다. 선사의 유훈을 따른 것이기도 하고요. 그러니 따로 대접을 한다는 것은 감사하지만 사양하도록 하겠습니다. 그리고 선사께서 따로 당부하신 일이 있어, 그 일을 처리해야 하기에 내일 중으로 부도를 떠날 예정이었습니다."

"그렇군요. 하시는 일이 다 잘되기를 빌겠습니다."

담기령의 말에 백무결이 조용히 자리에서 일어나며 일일이 포권을 해보였다.

"언젠가 또 만날 일이 있기를 바랍니다. 그럼 이 백 모는 이만 물러가겠습니다."

"살펴 가십시오."

뒤이어 섭문경이 밖을 향해 말했다.

"고 동지는 밖에 있습니까?"

그 말에 문이 열리고 고융덕이 안으로 들어섰다.

"예, 지부 대인."

"손님께서 나가신다 하십시다."

"배웅하겠습니다."

고융덕이 조용히 대답하고 방을 나섰다. 그리고 섭문경이 백무결을 향해 포권을 하며 말했다.

"배웅을 해드려야 마땅하지만, 따로 해야할 일이 있어

멀리 나가지 못합니다."

"괜찮습니다. 그럼 저는 이만 물러가지요."

백무결이 섭문경과 담기명에게도 인사를 해 보인 후 방문을 열었다.

방을 나서 고용덕을 따라 부청의 정문을 향해 걷던 백무결이 갑자기 고개를 갸웃거렸다.

'그러고 보니.'

그리고 잠시 기억을 더듬는 듯하더니 이내 고용덕에게 말을 걸었다.

"고 동지라고 하셨습니까?"

"그렇소만?"

"제가 부도에 들어온 후 들은 소문이 한 가지 있는데, 혹시 괜찮으시다면 이야기를 좀 들을 수 있겠습니까?"

고용덕이 조심스러운 어투로 말했다.

"내가 대답해 줄 수 있는 것이라면 그리하겠소."

"처주부에서 오랫동안 백성들을 괴롭히던 왜구들의 약탈 문제를 담씨세가에서 해결할 거라는 소문이 퍼져 있더군요. 그 소문 속의 담씨세가가, 저 안에 있는 담기령 공자의 그 담씨세가입니까?"

그 물음에 오히려 고용덕이 궁금한 듯 물었다.

"혹시 처주부가 고향이오?"

섭문경의 집무실 밖에서 얼핏 들었던 이야기로는, 백무

결은 이곳 처주부를 지나치던 길이라 했었다.

자신이 사는 터전이 아닌 이상, 왜구들로 인해 문제가 생기든 말든 사람들은 크게 관심을 가지지 않는 것이 일반적이다. 그러니 이러한 관심은 일반적이지 않은 모습일 수밖에 없기에 묻는 것이었다.

백무결이 조용히 고개를 저었다.

"아닙니다."

정확하게는 고향이 아닌 것이 아니라, 고향이 어디인지 몰랐다. 기억도 나지 않는 어린 시절부터 고아로 떠돌았던 탓이었다.

그런 백무결의 대답에 고용덕이 저도 모르게 경계하는 표정을 지었다. 무공이 평범한 수준은 아니라 하는데, 그런 이가 처주부의 중요한 문제에 관심을 가지니 반사적으로 그런 반응을 보일 수밖에 없었다.

"아, 특별한 이유가 있어서 여쭙는 것은 아닙니다. 잘은 모르지만, 왜구의 문제는 처주부의 오랜 문제 중 하나인 것 같은데 그것을 해결한다고 하니 대단한 일을 하는구나 싶어 물었습니다. 그런 것을 하려면 아주 많은 공을 들여야 하지 않습니까?"

고용덕도 자신의 반응이 과했다고 느꼈는지 미안한 표정으로 말했다.

"미안하오. 습관이 된 탓에 그런 것이니 이해해 주시오.

아무튼 그 소문 속의 담씨세가가, 저 안에 있는 담 공자의 가문인 것은 분명하오."

어차피 사방으로 알려질 일이니, 지금 말해준다고 해서 특별히 문제가 될 부분은 없었다.

"흐음, 그렇군요."

백무결이 저도 모르게 고개를 끄덕였다. 보통의 세가나 문파들이라면 힘들여 그런 일은 하지 않을 게 분명하기 때문이었다.

그렇게 이야기를 하는 사이, 두 사람은 어느새 부청이 정문에 도착해 있었다.

"다 왔소. 정문에서 시작된 길을 따라 가다보면, 영녕강의 포구가 나오오."

"예, 감사합니다."

백무결이 고용덕에게 포권을 하고 곧장 발길을 돌려 길을 따라 걸었다.

'흠, 준비를 하는 데만 적어도 두세 달은 걸리겠군.'

어떻게 할지는 모르지만, 그런 큰일을 하는데 필요한 시간이 짧을 리가 없었다.

'처주부 용천현이라고 했었나? 얼른 일을 마치고 돌아와야겠군.'

백무결의 발걸음이 한층 바빠졌다.

"어찌 된 일인지 알 수 있겠습니까?"

백무결이 떠나자마자 담기령이 섭문경을 향해 물었다.

구홍방의 일을 말하는 것이었다.

영녕계의 정보에 따르면 구홍방은 아무리 많아도 백 명 정도였다. 그런데 갑자기 삼백에 가까운 수로 늘었다. 그로 인해 담기령은 목숨을 잃을 뻔했으니 당연히 그 답을 들어야 했다.

다른 사람 없이 담씨 형제만 남게 되자, 섭문경도 자연스레 편안한 말투로 돌아왔다.

"구홍방 방주인 정세도가 의외로 사람을 끌어 모으는 재주가 있었던 모양일세. 자취를 감춰야 하는 상황에서도 수하들을 꽤 끌어 모았다고 하더군. 영녕계는 구홍방이 근거지를 버리고 떠날 때의 규모만 생각을 했던 것이고."

"그렇군요."

담기명은 그런 섭문경의 바뀐 말투가 어째 적응이 안 되는지 묘한 표정을 지었다. 하지만 지금은 자신이 끼어들 자리가 아니라는 생각에, 조용히 두 사람의 이야기에 귀를 기울였다.

"가능하면 자네 말을 듣고 무인들을 더 동원하고 싶었지만, 그들에게 강요를 할 수는 없는 부분이었네."

섭문경이 처주부의 지부라는 관직에 있고 상인들을 쥐고 흔들 수 있는 권력이 있기는 했지만, 그것을 함부로 휘두를 수는 없었다.

하고자 마음만 먹는다면 못할 것은 아니다. 하지만 적당한 선을 지키지 않으면, 그것이 훗날 비수가 되어 돌아온다는 것을 그는 잘 알고 있었다.

담기령이 조금은 포기한 표정으로 말했다.

"뭐, 생각해 보니 무인들이 더 많았어도 결과가 크게 바뀌지는 않았을지도 모르겠습니다."

그렇게 말하는 담기령의 얼굴에 살짝 짜증스러운 표정이 떠올랐다. 구홍방과 싸울 당시, 낭인들의 소극적인 태도가 생각난 탓이었다.

섭문경이 천천히 고개를 주억거렸다. 정확한 의미를 알수는 없었지만, 담기령이 그렇게 말을 했다면 무언가 있기는 하리라.

그러다 문득 생각이 난 듯 화제를 돌렸다.

"그래도 그 일이 자네에게는 다른 득이 되지 않겠나?"

담기령 역시 그 뜻을 금방 이해하고 고개를 끄덕였다.

"저희 세가에서 좀 더 많은 것을 얻어갈 수는 있겠군요."

"내가 좋아하는 말은 아니지만, 이번 일에 한해서는 끝이 좋으니 다 좋은 거라 생각하세."

"알겠습니다."

담씨세가가 영녕강의 물길을 틀어쥐는 것이 기정사실인이상, 영녕계의 상인들은 담씨세가와 긴밀한 관계를 맺을 수밖에 없었다. 그리고 그 관계를 형성하는 데 있어서, 오늘의 작은 사건은 담씨세가가 좀 더 우위에서 일을 이끌어 가는 빌미가 되어 줄 것이었다.

그것을 떠나서라도 담기령은 이번 일을 주도한 덕분에 담씨세가의 이름을 좀 더 알릴 수 있게 되었고, 우연한 결과였지만 깨달음을 얻어 더 높은 영역에 발을 디딜 수 있었다.

이 정도라면, 좋은 결과만 두고 좋게 생각해도 무리가 가지는 않으리라.

섭문경이 은근한 목소리로 말했다.

"영녕계의 장계(長契)인 유 상주가 따로 자리를 만들었으면 하더군. 조만간 배첩이 갈 걸세."

"벌써 말씀을 하신 겁니까?"

섭문경이 고개를 저었다.

"그런 이야기를 할 정도로 여유가 있지 않았네. 하지만 그들이 누구인가. 처주부 상계를 장악하고 있는 이들일세. 지난번 자네가 만들어 흘린 소문과 보길사에서 자네를 앞세운 것을 보고 눈치를 챈 걸세."

"그렇군요. 하긴 그 정도 안목도 없다면 큰 상단을 운영할 수 없겠지요."

"그래, 어찌할 생각인가?"

그렇게 묻는 섭문경의 얼굴에는 짙은 호기심이 떠올라

있었다.

섭문경은 처주부의 지부였기에, 처주부에 속해 있는 많은 무림 방파들의 주인들과 만날 일이 잦은 편이었다.

무림 방파와 관부(官府)는 서로 떼려야 뗄 수 없는 깊은 관계다.

관의 입장에서 치안 유지는 물론 번거로운 많은 일들을 처리하는 데 무림 방파가 가진 무력은 반드시 필요한 힘이었다.

반대로 무림 방파가 필요로 하는 것은 명분이었다. 그 지역에 자리를 잡고 자신들의 세를 유지하기 위해서는, 자신들이 가진 과도한 무력에 대한 세인들의 납득이 필요했다.

그러니 서로가 서로에게 필요한 부분을 채워주며 공생하는 것이 무림과 관의 관계였다.

또 한편으로는 서로 눈치를 보기도 한다.

무림 방파가 가진 과도한 무력은, 언제든 역모라는 전가의 보도를 휘두를 수 있게 하는 빌미가 되었다. 그리고 일단 역모의 굴레를 쓰게 되는 순간, 해당 방파에 속했던 이들은 영원히 세상의 밝은 곳에서는 얼굴을 내밀고 살 수가 없게 된다.

물론 지방 관청의 관졸들이나 위소의 병력들은 크게 위험하지 않았다. 하지만 황궁에는 금의위를 비롯한 어림군과 동창이 있었고, 변방에서는 일 년 내 전투만 치르는 정예 중의 정예들이 자리 잡고 있었다.

그들 중 하나만 해도, 무림 최고의 자리에 있다는 구파일 방조차 지워 버릴 수 있는 힘을 가지고 있는 바. 함부로 관의 비위를 건드릴 수는 없었다.

한편 관 역시 눈치를 보아야 하는 건 당연한 일이었다. 궁지에 몰리면 쥐도 고양이를 무는 법. 무림 문파가 눈이 돌아 일단 일부터 저질러 버릴 경우, 가장 먼저 세상을 뜨는 게 자신들이 되기 때문이었다.

이러한 깊은 관계는, 해당 방파의 덩치가 크면 클수록 더욱더 긴밀했다.

특히 소림, 무당 등 구파의 경우 거의 관과 한 울타리에 있다고 보아도 과언이 아니었다.

기본적으로 나라에서 하사한 어마어마한 전답이 있었다. 그들이 무림 최고의 자리에 오를 수 있게 해준 배경에는, 그 전답을 통해 만들어낸 어마어마한 재력이 자리 잡고 있었다.

또한 구파에서 배출한 수많은 속가 제자들의 인맥이 황실과 조정, 왕부는 물론 군에까지 거미줄처럼 얽혀 있었다.

그러니 서로 눈치를 보며, 한편으로는 힘과 명분을 제공해 주는 공생의 관계. 그것이 바로 무림과 관의 관계였다.

그런 이유로 많은 무림 인사들을 만나 보았던 섭문경이 유독 담기령에게 개인적인 호기심을 보이는 이유는, 바로 담기령이 가진 독특한 방식 때문이었다.

지금까지 섭문경이 본 무림 인사들은, 거의 모든 일에 힘으로 해결하려는 경향이 아주 강했다. 그중에는 꽤나 학식이 높은 이들도 여럿 있었음에도, 무림이라는 독특한 세계에 속해 있는 탓에 다른 무엇보다 힘의 논리를 앞세우곤 했었다.

그런데 담기령은 달랐다.

어떤 일을 하는데 있어서, 무림만이 아닌 세상에 속해 있는 모든 것들과의 관계를 살피고 취해야 할 태도를 고민했다. 또한, 무림인들처럼 뺏고 빼앗기는 것이 아니라 받는 만큼 주는 것에 대해서도 고려를 했다.

그런 관점은, 무림보다는 오히려 자신과 같은 관료나 상인들의 그것과 유사한 것이었다. 그러니 섭문경의 입장에서는, 앞으로 함께 많은 일을 도모할 조력자인 동시에 흥미를 가지고 지켜볼 대상도 되는 것이었다.

섭문경의 물음에 담기령이 별다른 고민 없이 대답했다.

"만나지 않을 생각입니다."

"음?"

"그 일은 꽤 긴 시간을 요합니다. 저는 큰 그림만 그렸지 그 세세한 부분까지는 아직 가시화하지 못했습니다. 반면, 그들은 저보다 더 많은 정보를 가지고 이미 계산을 해놓았을 것입니다. 아는 것도 없이 만나서 이야기를 해봐야, 저들에게 좋은 일만 시켜줄 뿐입니다. 그러니 아직은 때가 아니라고 생각합니다."

"하하, 그것도 그렇군."

섭문경이 아주 즐거운 듯 웃어댔다. 확신할 수는 없지만, 왠지 담기령이 자신에게 커다란 도움이 될 것 같은 느낌이 강하게 들었다.

그때 담기령이 조심스러운 목소리로 물었다.

"개인적으로 부탁하고 싶은 일이 있습니다."

"말해보게."

"부도에 있는 사학 중 한 곳을 소개해 주셨으면 합니다."

"사학?"

섭문경이 잠시 고개를 갸웃거렸다. 북경과 남경의 국자감, 그리고 각 지방의 부학이나 현학처럼 나라에서 유생들을 육성하기 위해 만든 기관 외에 개인적으로 유생들을 가르치는 곳이 바로 사학이었다.

"이유를 알 수 있겠나?"

"담씨세가의 책사를 구하려고 합니다."

"흠, 그런 일이라면 내 사람을 따로 소개시켜 줄 수 있네. 사학에서 공부를 하는 이들은, 대부분 관직에 오르려

하는 사람들인데 무림 방파로 가려 하는 사람이 얼마나 되겠는가?"

하지만 담기령은 고개를 저었다.

"개인적으로 아는 곳이 있으면 소개만 시켜주십시오. 그 후는 제가 알아서 하겠습니다."

그 말에 섭문경이 더 이상 말을 더하지 않고 고개를 끄덕였다.

"알겠네. 철현유원이라는 곳이 있네. 그곳의 원주이신 철현공 어른이 내 스승님과 동문수학하셨던 분일세. 개인적으로도 자주 찾아뵙는 편이니, 미리 말을 전해 두겠네."

섭문경이 순순히 물러선 데는 담기령의 생각을 존중해 준다는 뜻도 있었지만, 과연 담기령이 어떤 사람을 책사로 들이려 할지에 호기심이 일어서이기도 했다.

"감사합니다. 그럼 이만 물러가겠습니다."

담기령이 인사를 하며 자리에서 일어서려 하자, 섭문경이 말을 덧붙였다.

"부도에는 얼마나 머물 생각인가?"

"방금 말한 일이 끝나면 곧장 길을 나설 생각입니다. 떠나는 길에 인사를 드리지는 못할 것 같군요."

조금은 매정해 보이는 담기령의 말에도 섭문경은 별다른 말없이 고개를 끄덕였다.

"그럼 다시 만나는 것은 적어도 한두 달 후가 되겠군.

그럼 그때까지 하는 일이 잘되기를 빌겠네. 일단 각 현에도 공문을 보내놓을 테니, 일을 진행하는 데 관에서 시비를 걸 일은 없을 걸세."

"감사합니다. 그럼 이만 물러가겠습니다."

7장
담씨세가의 책사

"빠르구나."

담기령의 말에 담기명이 고개를 끄덕였다. 그런 두 사람이 앉아 있는 탁자 위에는 한 장의 붉은 배첩이 놓여 있었다.

섭문경이 말했던 호령상단의 상주 유제광에게서 온 배첩이었다. 그것도 호령상단이 아닌, 영녕계 장계의 이름으로 날아든 배첩. 다시 말해, 영녕계를 대표해 담기령을 초대한다는 의미가 담긴 배첩이었다.

담기명이 묘한 표정으로 말했다.

"성격이 급한 모양인데요?"

보길사에서 구흥방과 싸운 것이 오늘 낮의 일이었다. 그런데 채 피로도 가시지 않았는데 배첩이 날아들었으니 그렇게 보일 만도 했다.

하지만 담기령은 고개를 저었다.

"급한 게 아니라 신속한 거지. 섭 지부도 한몫을 했고."

"섭 지부께서 따로 말을 해주셨다는 말입니까?"

"그렇지는 않을 게다. 아마 섭 지부는 나중에 정식으로 이야기를 전해주겠지."

"그럼 섭 지부가 한몫했다는 건 무슨 말입니까?"

"섭 지부의 평소 일처리가 완벽했기 때문이라는 뜻이다. 모든 일에 완벽을 기하는 섭 지부가 왜구 문제를 우리에게 맡겼다는 것은, 이 일이 그 정도로 성사 가능성이 크다는 의미지. 그러니 영녕계에서도 더 재보지 않고 배첩을 보낸 것이다."

"그럴 수도 있겠군요. 그럼 바로 답변을 보내실 겁니까?"

"그래, 저들이 계속 청을 해온다면 거절하기도 힘들 테니, 예정했던 일만 마무리를 하고 집으로 돌아가자꾸나."

"예, 형님."

그때였다.

"손님이 찾아왔습니다."

문밖에서 들리는 점소이의 목소리에 두 사람이 동시에 고개를 갸웃거렸다. 따로 찾아올 손님이 없는 탓.

"손님이라니?"

담기령의 물음에, 점소이가 아닌 다른 남자의 목소리가 들렸다.

"담씨세가의 둘째인 담기명을 찾아왔습니다."

담기령의 시선이 동생에게로 향하고, 담기명은 고개를 갸웃거렸다. 아는 사람도 없는 처주 부도에서 누가 자신을 찾아온단 말인가. 그런데 목소리가 왠지 귀에 익다.

어쨌든 손님이 왔으니 문을 열어주어야 하기에 담기령이 자리에서 일어서려 할 때였다. 그때까지 뭔가 생각에 잠겨 있던 담기명이 갑자기 벌떡 일어나 외쳤다.

"여상, 여상이 자네인가!"

담기명이 놀란 얼굴로 한달음에 문으로 달려가, 두 손으로 활짝 문을 열어젖혔다. 그리고 문앞에 서 있는 한 청년을 보고는 환한 표정으로 외쳤다.

"맞군. 자네가 여기에 어쩐 일인가? 아, 그러고 보니 자네가 아이들을 가르친다는 사학이 부도에 있는 곳이었군!"

"허허, 이 친구 정신하고는. 어쩐지 부도에 들어왔다는 소문이 있는데 찾아오지를 않아서 이상하다 생각했었는데, 까맣게 잊고 있었던 게로구먼. 이거, 영 섭섭한데?"

"하하, 미안하네. 최근에 워낙 경황이 없었다네."

"알았네. 이번은 그냥 넘어가겠네. 그래, 그간 잘 지냈나? 춘부장께서는 평안하시고? 세가의 이야기는 전해 들었다네."

"하하, 나야 잘 지냈지. 아, 어서 들어오게."

담기명이 반가워 어쩔 줄 모르겠다는 얼굴로 청년의 어깨를 두드리더니, 급히 방 안으로 끌어당겼다.

그리고 담기령의 앞으로 데리고 가 소개를 했다.

"형님, 제 친구입니다."

그리고 청년이 담기령을 향해 정중하게 포권을 하며 인사를 했다.

"기명이에게 형님이 있다는 이야기는 들었습니다만, 이렇게 직접 인사를 하는 것은 처음이군요. 구여상이라고 합니다."

담기령 역시 자리에서 일어나 인사를 받았다.

"기명이의 형일세."

뒤이어 담기명이 마치 제 일이라도 된 양 자랑하듯 말했다.

"형님, 이 친구가 정말 똑똑한 친구입니다. 겨우 열다섯 살에 거인이 되었고, 열일곱에 진사에 올랐어요."

"대단한 친구로군."

담기령이 진심으로 감탄했다는 듯 대답했다. 중원으로 온 후, 자신이 알지 못하는 여러 가지에 대해 따로 알아두었던 덕에 그것이 무슨 뜻인지를 알 수 있었던 것이다.

거인은 지방의 과거 시험인 향시에 합격했다는 뜻이고,

진사는 황제 앞에서 치르는 전시를 치렀다는 의미였다.

보통 향시에 합격하는 나이가 일러도 이십대 중반이라고 하니, 겨우 열다섯에 향시에 합격했다는 것은 아주 대단한 일이 분명했다.

"진사가 되었다면 관직에 나갈 수 있었을 텐데?"

황제 앞에서 보는 과거인 전시는, 당락이 있는 시험이 아니었다. 그저 응시자들 중 순위를 매기는 시험이었다. 그렇기에 일단 치르기만 하면 진사가 되고, 언제든 관직을 얻는 것이 가능한 것이 진사라는 신분이었다.

"하하, 이 친구가 자기는 관료가 될 생각이 없다고 걷어차고 나왔지요."

담기명의 설명에 담기령이 묘한 표정으로 구여상을 보았다. 말쑥하고 단정한 얼굴에 호리호리한 체구, 그리고 크게 화려하지 않은 유생차림을 하고 있었다. 그리고 무엇보다 인상깊은 것은 세상 그 무엇도 겁날 것이 없다는 듯한 자신감 넘치는 표정이었다.

구여상의 얼굴을 빤히 보던 담기령이 갑자기 묘한 표정을 지었다. 하지만 별다른 말 없이 자리에서 일어선다.

그리고 담기명을 향해 말했다.

"나는 내 방에서 아까 말한 답신을 쓰고 있을 테니, 이야기들 나누어라."

그때 구여상이 갑자기 담기령에게 말을 걸었다.

"실은 형님을 만나러 왔습니다."

"음?"

"잠시 시간을 내주시면, 드릴 말씀이 있습니다."

담기령은 물론 담기명도 갑자기 무슨 말인가 싶어 고개를 갸웃거렸다.

먼저 입을 연 쪽은 담기명이었다.

"형님, 일단 앉으시지요. 이 친구가 긴히 할 이야기가 있는 모양입니다."

"그러지."

담기령이 다시 자리에 앉고, 담기명과 구여상도 의자에 몸을 얹었다.

담기명이 바쁘게 손을 놀려 차를 우려내는 사이, 구여상이 담기령을 향해 입을 열었다.

"방금 전, 기명이가 말한 대로 저는 어려서부터 천재라 불렸습니다."

"열일곱에 진사에 급제했으니 그렇게 불려도 틀린 말은 아니겠지. 그런데 나한테 할 말이라는 게, 스스로 천재라는 걸 자랑하려는 건 아닐 텐데?"

"예, 당연히 아닙니다. 그리고 그런 게 자랑거리가 된다는 생각도 하지 않습니다."

"그럼 본론을 꺼내보게."

담기령의 요구에 구여상이 한층 짙은 미소를 띠며 말했다.

"최근 담씨세가의 행보는 불과 한 달 전쯤과는 확연하게 다릅니다. 그사이에 담씨세가에 생긴 변화라고는 형님이 돌아오신 것밖에 없지요. 다시 말해 담씨세가의 변화는 춘부장이신 가주님이 아닌, 형님이 주도해 나가는 일일 겁니다."

"그래서?"

"그리고 그 행보로 보건데 형님께서는 좀 높은 곳을 바라보고 계시지요."

담기령이 딱히 부정할 생각이 없는 듯 고개를 끄덕였다.

"그렇다면 거기에 제 머리를 써보시는 건 어떻겠습니까? 좀 더 빠르게 그 길로 가실 수 있을 겁니다."

동시에 담기명이 경악성을 터트렸다.

"자, 자네!"

항상 천재라는 말을 들었지만, 딱히 세상일에 관심이 없던 구여상이었다. 그런 구여상이 제 발로 담씨세가의 군사(軍師)가 되겠다고 찾아온 것이었다.

"자네…… 지, 진심인가?"

하지만 구여상이 그 말에 대답을 하기도 전에 담기령이 먼저 말을 했다.

"거절하겠네."

"형님!"

담기명이 깜짝 놀라 외쳤다. 이 정도 천재가 세가를 도와

준다면, 정말 큰 도움이 될 것이 분명했다. 그런데 일언지하에 거절하다니. 게다가 아까 섭문경과 이야기를 할 때 세가의 책사를 구할 거라 하지 않았던가.

구여상 역시 예상치 못한 반응이었는지 잠시 멍한 표정을 지었다.

담기명이 뭐라고 말을 해야 할지 몰라 마른침을 꿀꺽 삼킨다. 하지만 담기령은 별다른 표정 변화도 없이 담담한 얼굴로 구여상을 보았다.

그사이 충격을 수습한 구여상이 예의 자신감 넘치는 표정으로 돌아와 물었다.

"이유 정도는 말해 주실 수 있겠지요?"

"담씨세가는 자네 장난감이 아닐세."

"흡!"

구여상이 깜짝 놀라 두 눈을 부릅떴다. 가까스로 수습한 정신이 다시 멍해지는 기분이었다.

담기령이 다른 질문을 던졌다.

"세상이 무료했나?"

동시에 구여상의 두 눈동자가 깊이 침잠해 들어갔다.

담기명이 무슨 말인지를 몰라 당황한 표정으로 두 사람을 번갈아 보았다. 그러는 동안에도 담기령의 말이 이어졌다.

"자네는 천재가 맞네. 그건 누구도 부정할 수 없는 사실

이야. 하지만 어려서부터 자신의 뜻대로 되지 않는 일이 없었으니 세상만사가 죄다 시시해 보였겠지. 그러니 목표 또한 없었을 것이고."

처음 인사를 나눌 때, 담기령이 구여상의 얼굴에서 본 것은 단순히 겉으로 보이는 부분만이 아니었다.

보통은 자신감 넘치고 당당한 얼굴로 보았을 것이다. 하지만 담기령은 그 자신감 넘치는 표정에 가려 있는, 조금의 생기도 남아 있지 않은 구여상의 두 눈을 보았던 것이다. 잠시 묘한 표정을 지은 이유도 그것이었다.

겨우 열일곱에 진사가 되었다면 흔히 말하는 천재였다. 그리고 이제 고작 스물의 나이. 무언가 꿈을 갖고, 그 꿈에 매진할 나이였다. 그렇다면 저렇게 눈빛이 죽어 있을 것이 아니라, 생기로 반짝반짝 빛이 나야 하는데 그렇지가 않았던 것.

어려서부터 제국 최고의 가문에서 그 후계자로 교육을 받아왔던 담기령이었다.

사람을 보는 안목 또한 보통 사람들의 수준을 훨씬 상회하는 것이 당연했고, 그렇기에 당당한 표정으로 숨기고 있던 그 내면을 눈치챌 수 있었던 것이다.

"혹시 이런 말이 하고 싶었나? 담씨세가 정도로 작은 곳이어야 키우는 맛이 날 거라는 허세 가득한 소리를?"

"으음!"

구여상이 저도 모르게 신음을 흘렸다. 자신의 밑바닥이 완전히 까발려진 듯한 치욕스러운 기분. 하지만 비수처럼 마음을 난도질 하는 그 한마디, 한마디에 반박할 수도 없었다. 그 모든 말이 사실인 탓이다.

복잡한 표정을 짓고 있는 구여상을 향해 담기령이 마지막 말을 뱉었다.

"그런 오만한 생각을 가지고 있는 자를 내 밑에 둘 생각은 조금도 없네. 돌아가게. 내가 필요로 하는 군사는 자네 같은 사람이 아니야."

"형님!"

담기명이 비명처럼 외쳤다. 하지만 담기령은 더 이상 아무런 말도 하지 않은 채, 몸을 일으켜 객실 안의 자신의 방으로 성큼성큼 걸어 들어가 버렸다.

당황스러운 표정을 짓고 있던 담기명이 구여상을 향해 조심스러운 목소리로 물었다.

"자, 자네 괜찮은가?"

순간, 구여상의 표정이 기묘하게 일그러지는가 싶더니 갑자기 웃음을 터트렸다.

"크큭, 크하하하! 이거 정말 할 말이 없게 만드시는군."

뭐가 재미있는지 말을 마치고도 웃음을 멈출 기미가 보이지 않는다. 그 모습에 담기명은 오히려 더 걱정스러운 마음이 들어 다시 물었다.

"너무 깊이 생각하지 말게. 형님이 나쁜 마음이 있어서 하신 말씀은 아닐세."

"하하, 그런 걱정은 말게. 아니, 오히려 감사하게 생각해야지. 덕분에 갑자기 의욕이 좀 생겼으니까."

"의욕이라니?"

"진짜 내 머리를 쓸 만한 곳을 찾아봐야겠네."

"음? 어, 어디를 말하는 건가?"

담기명이 서운한 표정으로 되물었다. 방금까지는 담씨세가에 있게 해달라고 했던, 그것도 천재인 친구가 다른 곳으로 가겠다는 듯 말하니 그런 마음이 드는 것도 당연한 일이었다.

한편으로는, 형에게도 섭섭한 마음이 한가득이다. 그런 문제가 있다면, 직접 나서서 바로 잡아주면 될 일이다. 굳이 저렇게 매몰차게 내칠 필요까지는 없지 않은가.

구여상이 짙은 미소를 지으며 말했다.

"자네가 있는 곳, 무인들의 세상이라던 무림에는 커다란 집단이 하나 있다고 들었네."

그렇게 말을 하는 구여상의 눈빛은, 더 이상 생기 없는 죽은 눈동자가 아니었다. 뭔가 강렬한 열의가 번뜩이고 있었다.

담기명이 설마 하는 표정으로 물었다.

"설마 무림맹을 말하는 건가?"

"그렇다네. 무림이라는 곳은, 보통 사람들이 사는 세상, 그러니까 황제 폐하가 다스리는 세상과는 조금 다른 시선으로 천하를 논하는 곳일세. 그리고 무림맹은 그곳에서 가장 거대한 집단. 그러니 그곳으로 가볼까 하네. 내 머리를 쓰려면 그 정도는 되어야지."

구여상이 묵직하게 고개를 끄덕이며 자리에서 일어났다. 그리고 아무런 미련도 없다는 듯 객실 문을 향해 성큼성큼 걸음을 옮겼다.

담기명은 더 이상 뭐라 말을 하지도 못한 채, 친구가 나서는 객실의 문과 형이 들어간 방문을 번갈아 볼 뿐이었다.

"여상이 그 친구보다 뛰어난 사람을 구하는 것은 불가능할 겁니다."

담기명이 볼멘 목소리로 툭 내뱉었다. 그 말에 앞서 걷던 담기령이 걸음을 멈추며 뒤를 돌아보았다. 그리고 입을 삐죽거리는 담기명의 모습에 저도 모르게 피식 웃음을 터트렸다.

"삐친 게냐?"

놀리는 듯한 담기령의 말에, 담기명이 대답 대신 고개를 홱 돌리고는 곁눈질로 형을 흘겨보았다.

하지만 담기령은 그런 담기명의 모습에 오히려 더 짙은 미소를 지었다.

'이거 참, 하는 짓이 귀엽다고 해야 하나?'

진실한 담기령의 모습인, 케인 드레이크의 손자의 입장에서 보면 담기명은 종조부였다.

하지만 그는 저 먼 다른 세상의 헤인스 드레이크가 아니라, 중원의 담기령으로 살아가리라 마음먹었다. 그러니 담기명은 종조부가 아닌 남동생이 되었고, 언젠가부터 담기령은 그를 친동생처럼 느끼고 있었다.

실제 나이만 봤을 때, 담기명은 두 살 어린 동생이 맞았다. 그리고 자신처럼 최고의 권력자가 되기 위해 교육받아 온 것도 아니었다. 유복한 집안의 응석받이로 자란, 아직 사내가 되지 못한 철부지 청년이었다.

게다가 항상 자신에게 '형님', '형님' 하면서 따르고, 무한한 존경심을 담은 눈으로 보니 담기령으로서도 정이 들 수밖에 없기도 했다.

그랬던 담기명이, 제 친구의 일로 저런 모습을 보이니 담기령이 보기에는 그런 생각이 들 만한 것이다.

담기령이 웃음을 지우지 않은 채 물었다.

"네가 생각하는 책사는 어떤 사람이냐?"

생각지 못한 질문에, 담기명이 자신이 언제 불퉁거렸냐는 듯 당황스러운 표정을 짓는다.

"그, 그거야……."

대답할 말이 궁색해졌다. 보통 그런 생각은 대략적으로

이러이러하다는 느낌만 가질 뿐, 정확하게 어떠하다고 말하기 힘든 부분이 아닌가.

동생의 반응을 확인한 담기령이 멈춘 걸음을 다시 뻗었다.

"일단 올라가면서 얘기하자꾸나."

"예, 형님."

당혹스러운 질문과 자연스러운 유도에 그대로 넘어간 담기명이 곧장 담기령과 나란히 걷기 시작했다.

"질문을 바꿔 보마. 우리 세가의 책사는 어떤 사람이어야 할 것 같으냐?"

"음, 그러니까……."

역시나 답을 내놓기가 힘든 이야기였다. 그러다 문득 생각이 난 듯, 아까 했던 말을 꺼냈다.

"여상, 구여상 그 친구가 우리 세가의 책사가 되어 준다면 좋겠다고 생각을 했었습니다."

"이른바 천재를 말하는 것이구나."

"저 먼 옛날 촉한의 유비도 제갈량 같은 책사가 있지 않았습니까? 그런 책사가 있으면 세가가 더 발전하지 않을까요?"

담기령은 잠시 눈동자를 굴렸다. 방금 나온 이름들을 잘 모르는 탓이다. 하지만 굳이 그 이름들을 모른다고 이야기의 맥락을 잡지 못하는 것은 아니다.

"이 형의 생각은 다르다."

"어떻게요?"

"가문의 책사가 천재라면 더할 나위 없이 좋을 수는 있다. 하지만 그 천재가 죽은 후에, 또 다른 천재가 가문으로 올 거라는 확신이 있느냐?"

"에이, 그런 천재를 어떻게 매번 초빙합니까?"

무슨 말도 안 되는 소리를 하냐는 담기명의 말에, 담기령이 크게 고개를 끄덕였다.

"그 문제다. 구여상, 그 친구 같은 천재가 와서 우리 세가가 커다란 가문이 되었다고 치자. 그런데 나중에 그 천재가 없어지면 우리 세가는 어찌 되겠느냐?"

"일단 대단한 가문이 되면, 다른 훌륭한 책사를 구할 수도 있지 않겠습니까?"

"천재에 의지해 일어난 가문이라면, 비슷한 수준의 천재가 아니라면 그것을 유지하는 것 또한 어려워질 거라는 생각은 들지 않느냐?"

"그럴 수도 있습니다만…… 보통의 책사들은 대부분 그런 똑똑한 사람들이지 않습니까?"

"네 말도 맞다. 보통은 그런 편이지. 하지만 굳이 천재를 초빙하지 않아도 훌륭하게 그 역할을 수행하도록 만드는 것은 어려운 일이 아니다."

담기령의 단정적인 말에 담기명이 곤혹스러운 표정을 지

었다.

"어떻게요?"

하지만 담기령은 이번에는 답을 가르쳐 주지 않았다.

"네가 한 번 고민해 보아라. 어떻게 해야 하는지."

아끼는 동생이지만, 언제까지고 철부지로 둘 수는 없는 노릇이었다. 세가가 성장하게 되면, 동생 역시 중요한 자리에서 자신의 몫을 다해야 할 것이다. 그러기 위해서는 지금부터라도 가르칠 필요가 있었다.

무공이나 통솔력, 용병술 등 많은 덕목을 갖추어야 하겠지만 그 어떤 것보다 먼저 갖추어야 할 것은 판단력이었다. 어떤 상황에서든 최선의 방향으로 판단을 내리는 것. 그것을 위한 첫걸음이 바로 '사고'였다.

항상 스스로 생각하고, 결정을 내리는 것. 그러기 위해서는 지금부터 그런 버릇을 들여 놓아야 했다.

"이번뿐만 아니라, 앞으로도 어떤 일에 대해서 혼자 생각하고 결론을 내려 보아라."

"으음……."

어려운 일이었지만 담기명은 고개를 젓지 않았다. 그 역시 대단한 모습으로 돌아온 형님을 좇아야 한다고 생각했기 때문이었다.

"알겠습니다."

"이번 책사에 대한 이야기는, 앞으로 이 형이 하는 일을 보고 너도 가늠해 보도록 하고."

"예."

대답을 한 담기명이 홀로 생각에 잠겼다. 담기령의 화법에 속아 자신이 마음이 상해있었다는 것조차 깜빡해 버린 채였다.

그렇게 얼마 동안 길을 따라 걷다 보니, 두 사람 앞에 아담한 장원 하나가 나타났다.

입구의 편액에는 '철현유원'이라는 네 글자가 새겨져 있었다. 어제 섭문경에게 소개받았던 사학이었다.

"담씨세가에서 오신 공자님들이십니까?"

입구에서 유생 차림의 사내가 기다리고 있었다는 듯 두 사람에게 말을 걸었다. 담기령이 아침 일찍 배첩을 보냈기에 시간에 맞춰 기다리고 있었던 것이다.

"예, 용천현 담씨세가에서 온 담기령입니다."

"학당의 총관이자 훈도(訓導)인 이원생입니다. 원주께서 기다리고 계시니 안으로 드시지요."

"예, 감사합니다."

인사와 함께 이원생의 뒤를 따라 장원 안으로 들어서니, 곳곳에서 여러 가지 목소리가 들려왔다.

한쪽에서는 앳된 목소리로 경서를 소리 내며 외고, 다른 쪽에서는 격렬한 토론을 하고 있는 소리도 들린다.

"공부하는 유생들이 많은 모양이군요."

담기령의 물음에 이원생이 자랑스러운 듯 설명을 했다.

"원주이신 철현공께서는, 한때 한림원 학사를 지내셨던 분입니다. 그 학식은 물론, 인품까지 높으신 분이니 당연한 일이지요."

하지만 담기령은 오히려 다른 의문이 생겼다.

"그런 분께서 어째서 이런 지방에 사학을 세우셨습니까?"

"흔한 이야기입니다. 정쟁에 휘말리셨다가, 관복을 벗고 물러나신 게지요."

생각하기에 따라서는 꽤나 어려운 이야기였지만, 이원생은 별다른 감흥 없이 말을 했다.

'섭 지부의 인맥이 생각보다 대단할지도 모르겠군.'

정쟁에 휘말려 자리에서 물러났다는 말은, 몰락을 뜻하는 것일 수도 있었다. 하지만 지방이라 해도 버젓이 사학을 열고 유생들을 배출하고 있었다.

완전히 몰락의 길을 걸었다면 가능하지 않은 일이다. 다시 말해, 한림원 학사 시절의 인맥이 아직 건재하다는 뜻이었다. 그리고 섭문경은 그 인맥의 도움을 충분히 받으리라.

이런저런 이야기를 나누는 사이, 세 사람은 철현유원 내원의 정당에 도착했다.

"어서 오시게. 유지경일세. 섭 지부에게 이야기를 전해 들었네."

담씨 형제를 맞이한 사람은, 흰 수염을 길게 늘어뜨린 풍채 좋은 노인이었다.

담기령은 노인의 후덕한 인상 속에서 날카롭게 번뜩이는 눈빛을 확인하며 속으로 저도 모르게 피식 웃었다.

'이런 점은 저쪽이나 이쪽이나 똑같군.'

저쪽 세상의 고위 귀족들 또한 유지경과 비슷한 인상을 가지고 있었던 것이다. 웃는 얼굴 뒤에 날카로운 칼을 품고 있는, 전형적인 고위 관료의 모습이었다.

'어쩌면 자리에서 물러난 것은 훗날을 기약하기 위해서인지도 모르겠군.'

유지경의 눈빛 속에 강렬한 야망을 읽어냈기 때문이었다. 저런 눈빛을 지닌 이가, 순순히 자리에서 물러났다는 것은 있을 수 없는 일. 다시 말해 천천히 무언가를 준비하고 있다는 뜻이었다.

하지만 담기령은 그에 대한 생각을 곧장 머릿속에서 지웠다. 자신이 이곳과 얽힐 일은, 이곳에서 사람을 한 명 구해 가는 것뿐이었다.

그러니 상황을 복잡하게 예단하고 머릿속에서 구상을 하는 것은 좋지 않았다. 어정쩡한 태도를 유지하다가, 유지경의 일에 휩쓸릴 수도 있기 때문이었다.

"담기령이라고 합니다. 유림이 아닌 무림의 일로 사람을 구하는데, 흔쾌히 문을 열어 주어 감사합니다."

담기령이 인사를 하고, 유지경이 자리를 권했다. 이내 단아한 향의 차가 내어져 오고 유지경이 입을 뗐다.

"우리 유원에서 책사를 구하고 싶다고 전해 들었네."

"그렇습니다."

"이곳의 유생들 대부분이 관직에 뜻을 둔 이들이라 그리 쉬운 일이 아니라는 것은 염두에 두고 있는가?"

"물론입니다. 제 입장에서 강요를 할 수는 없는 일이지요. 다만, 그럴 마음이 있는 분이라면 함께 모셔가고 싶습니다."

"사실, 이곳 유생의 절반이 거인 이상의 학위를 가지고 있다네."

보통 나라에서 세운 현학 이상에서 공부할 자격을 얻게 되면 생원이라 불리는데, 이 생원의 자격이 바로 학위였다. 그 후 향시에 합격해 얻는 거인이나, 회시와 전시를 통해 얻는 진사 또한 학위의 하나였다.

그리고 명 황실에서는 학위를 가진 이들에게도 녹봉을 내릴 정도로 그들을 우대해 주는 편이었다.

그런데 수학하는 유생의 절반이 최소한 향시에 급제를 했다는 말은, 그만큼 철현유원의 힘이 막강하다는 의미였다.

그리고 담기령이 그중 한 사람을 책사로 데리고 간다는 말은, 그들이 가진 학위를 포기하게 만든다는 의미였다.

누군가는 자신의 것을 버린다는 뜻인 동시에, 유지경 자신이 담씨세가에 신경을 써주었다는 것을 내세우는 말이었다.

담기령이 별다른 대꾸 없이 조용히 귀를 기울이자, 유지경이 말을 이었다.

"그래도 섭 지부의 부탁을 내칠 수는 없기에 미리 제자들의 의중을 떠보았네."

"본의 아니게 원주께 수고를 끼치게 만들었군요."

담기령의 말에 유지경이 괜찮다는 듯 인상 좋은 얼굴에 웃음을 띠며 말했다.

"섭 지부가 부탁한 일이니 나도 신경을 써야지."

말을 마친 유지경이, 곁에 서 있는 이원생에게 눈짓을 했다. 그러자 이원생이 미리 준비하고 있었다는 듯, 한 뭉치의 종이를 내밀었다.

그리고 유지경의 설명이 이어졌다.

"그 아이들이 담씨세가로 갈 의향이 있는 아이들일세. 다섯 명 모두, 회시에 급제한 아이들이지. 다만, 아직까지 전시를 치르지 않아 공사에 머물고 있을 뿐일세. 책사를 원한다기에 그들의 성향에 대해서도 명기해 두었으니 자세히 읽어보게."

하지만 담기령은 단 한 장도 읽지 않고 종이 뭉치를 탁자에 내려놓았다.

"왜 그러는가?"

유지경이 고개를 갸웃거리며 물었다. 이 정도면 충분한 인재들이었다.

그리고 되돌아온 담기령의 말은 유지경의 예상을 벗어난 것이었다.

"학위를 가진 분들을 모시는 것은 저로서도 죄송한 일입니다. 저는 가능하면 학위가 없는 분을 모셔가고 싶습니다. 하지만 철현유원의 높은 수준을 감안하면, 대부분이 생원 이상의 학위는 가지고 계실 듯하니 가능하면 생원으로 한정했으면 합니다."

"음?"

유지경이 당혹스러운 표정을 지었지만, 담기령은 담담한 표정으로 자신의 말을 이었다.

"십 년 이상 수학을 했지만, 아직까지 향시에 급제하지 못한 분이었으면 합니다. 또한, 나이는 스물다섯에서 서른 정도면 좋겠습니다."

"그, 그런 사람을 책사로 쓰겠다는 말인가?"

유지경으로서는 이해할 수 없는 조건이었다. 아니, 유지경만이 아니라 담기령과 함께 온 담기명조차도 이게 무슨 말인가 싶을 정도였다.

십 년 이상 공부를 했는데도 아직까지 향시조차 통과하지 못했다는 말은, 천재나 수재는커녕 범재도 되지 못하는 둔재가 아닌가.

하지만 담기령의 생각은 확고했다.

"혹시 그런 분이 없다면, 어쩔 수 없이 다른 곳에서 찾아보도록 하겠습니다."

못을 박듯 딱 잘라 말하는 담기령의 태도에 유지경이 잠시 고민에 잠겼다.

"흐음, 그거 아주 까다로운 조건이로군."

다른 의도는 조금도 없는, 말 그대로였다. 철현유원은 절강성 내에서도 꽤나 이름 있는 사학이었다. 아무리 돈이 많아도 어지간한 머리로는 받아주지 않는 곳이다.

십 년 넘게 공부를 하고, 나이도 서른에 가까운데 향시조차 급제하지 못한 이가 있다는 것이 오히려 말이 안 되는 일이었다.

다시 말해 담기령이 내건 조건에 부합하기 위해서는, 머리는 좋은데 지독하게 운이 없어야 가능한 일이었다. 그렇지 않고서야 뛰어난 머리로 좋은 곳에서 공부까지 했는데, 향시조차 합격하지 못했다는 것은 있을 수 없는 일이었다.

그때 이원생이 조심스레 말했다.

"그, 그런 사람이 딱 한 명 있기는 합니다."

동시에 유지경 또한 크게 고개를 끄덕였다.

"아, 그렇군. 딱 한 사람 있기는 해."

사실 그런 사람이 있다는 것이 더 신기한 일. 담기령이 반가운 표정으로 말했다.

"그분의 의중을 들을 수 있겠습니까?"

유지경은 잠시 고민에 잠겼다. 조금 전에 말했던 다섯 사람은, 자신이 특별히 고른 사람들이었다. 앞으로 크게 될 가능성이 있는 담씨세가에, 자신의 사람을 하나 심어 두기 위해 추리고 추려낸 이들.

그런데 담기령이 그들을 거절하고, 생각지도 못한 조건을 내건 것이다.

문제는 담기령의 요구에 응하기 위해 문을 열어주어 놓고, 이제 와서 그 부탁을 거절할 수 없다는 것.

'아깝게 되었군.'

섭문경의 말로는, 담씨세가는 분명 절강성에서 꽤나 이름을 알릴 무가가 될 것이라 했었다. 그런 곳에 자신의 사람을 심어 놓을 기회를 놓쳤으니 살짝 속이 쓰릴 정도.

'뭐, 어쩔 수 없지.'

어차피 담씨세가는 섭문경과 이미 긴밀한 관계인 듯했었다. 그러니 나중에 필요할 때가 되면, 거기에 기대는 방법도 있었다.

그렇다면 지금은 한 발 물러서는 수밖에. 유지경이 이원생에게 말했다.

"담 공자를 세신에게 안내해 주게."

"예, 원주님."

이세신은 매사에 낙천적이고, 느긋한 사람이었다. 그가 매번 낙방을 하면서도 무려 십이 년 동안 향시에 응시할 수 있었던 원동력이, 바로 그 느긋하고 낙천적인 성격이었다.

'내년에는 붙겠지.'

처음 향시에 낙방했을 때 그가 했던 말이었다. 그리고 십이 년이 지난 올해 다른 말을 했다.

'허허, 어쩌면 나는 평생 향시만 볼지도 모르겠어.'

주변 사람들 모두 속이 터지는 기분을 느끼는데, 정작 본인은 그걸 농담이라고 던졌다.

그래서 함께 철현유원에 들어온 비슷한 나이의 유생들이 향시에 급제하고, 회시에 급제했을 때도 그는 별다른 감흥을 느끼지 못했었다.

스물일곱이라는 나이에 아직 혼인조차 못했는데도, 그 또한 마음이 급하지 않았다. 그저 때가 되면 좋은 배필을 만날 수 있을 거라는 생각할 뿐이었다.

다행스럽게도, 혹은 불행하게도 조실부모한 탓에 그에게 혼인을 강요하는 사람도 없었다. 만약 그의 부모가 아직까지 살아 있었다면, 속이 새까맣게 타들어 갔으리라.

그랬던 이세신의 눈가가 파르르 떨리고 있었다.

"지금 뭐라 하셨소?"

턱이 덜덜 떨려 말이 제대로 나오지 않을 정도로 그는 지금 흥분해 있었다.

그리고 그런 이세신의 앞에 앉아 있는 이는 담기령이었다. 낙천적이고 느긋한 이세신이 온몸을 부르르 떨 정도로 흥분하게 만든 것 또한 그다.

담기령의 뒤에는, 이원생이 놀라서 입을 쩍 벌리고 있었다. 이세신이 철현유원에 들어올 때부터 십여 년이 지난 지금까지 이렇게까지 화를 내는 모습을 본 적이 없었던 탓이다.

평생 책만 들여다 볼 팔자라는 말에도 웃으며 농담으로 받았던 이세신이 아니었던가.

담기령이, 분노 가득한 이세신의 시선을 눈 한 번 깜빡이지 않고 그대로 맞받으며 말했다.

"똑똑히 들은 것 같으십니다만, 이렇게 되물어 보시니 한 번 더 말씀드리지요. 당신은 낙천적이고 느긋한 게 아니라 나태한 겁니다."

콰앙!

탁자를 내려친 이세신의 주먹이 부들부들 떨리고 있었다. 하지만 담기령은 담담한 표정이었다.

"다시 한 번 들으시겠습니까?"

누가 보면 이세신을 놀리고 있는 것 같다.

"단 하루도 책에서 손을 떼 본 적이 없다! 이 사학 안에서, 나보다 더 열심히 공부한 자 또한 없다. 하지만 운이 없었고, 결국 이런 상황에 내몰린 것이다!"

"그렇다면 묻겠습니다. 왜 그렇게 화를 내십니까?"

"그대가 나를 모욕하고 있지 않은가!"

"제 말을 제대로 못 알아들으셨군요. 한 번 더 말씀드리지요. 당신은 느긋한 게 아니라⋯⋯."

"그만!"

이세신이 버럭 소리를 지르며 자리에서 일어섰다. 하지만 담기령은 말을 멈추지 않았다. 단, 이번에는 그 말이 조금 달랐다.

"당신의 삶에 대해 나태하고 비겁합니다."

"뭣이!"

목이 터져라 외친 이세신의 눈빛이 돌변했다. 아까처럼 눈가가 파르르 떨린다. 하지만 그의 두 눈에 어린 것은 분노가 아니었다.

"그리고 당신은 스스로의 나태함에 대해서 잘 알고 있습니다. 내 말에 이렇게 화를 내는 것이 그 반증입니다."

"그, 그대가 나를 모욕했기 때문이 아닌가."

"그렇다면 묻겠습니다. 막연히 관직에 오르겠다는 생각으로, 십여 년 동안 향시에 응시했습니다. 그런데 단 한 번도 다른 길을 생각해 본 적은 없을 겁니다."

"공부를 하여 관직에 오르겠다는 생각이 틀렸다는 말인가."

"아닙니다. 하지만 그 정도의 시간이라면 한 번쯤은 스스로의 길에 대해 생각해 보았어야 합니다. 하지만 당신은 그러지 않았지요. 즉, 공부를 하고 있는 자기만족과 핑계에 빠져 단 한 번도 짓물려져 가는 자신의 삶에 대해서는 돌아보지 않았다는 말입니다."

"그, 그건!"

이세신의 낯빛이 시커멓게 변했다. 담기령의 말대로, 단 한 번도 그런 생각은 해보지 않았다.

담기령이 다시 물었다.

"당신은 스스로의 삶에 충실했습니까?"

"나, 나는……."

이세신의 고개가 천천히 좌우로 흔들렸다.

"그러니 당신은 나태합니다."

이번에는 두 주먹을 꽉 쥔 채 힘겹게 고개를 끄덕였다. 그리고 가만히 생각에 잠겼다.

'왜…… 왜 그랬던 거지?'

담기령의 말대로 단 한 번도 그런 생각을 해보지 않았다. 언젠가는 과거에 급제 하리라, 때가 되면 관직에 오르리라, 막연한 생각만 품고 있었을 뿐이다.

평생 동안 경서를 읽고, 그 내용을 곱씹고, 그 속에 있는 진짜 의미를 찾으려 했었다. 하지만 단 한 번도, 스스로의 삶에 대해 고민하는 데는 시간을 할애한 적이 없었다.

'왜 그랬을까?'

되뇌고 또 되뇐다. 하지만 스스로 한 일인데도 이유를 알 수가 없었다.

깊이 생각하면 할수록 떠오르는 결론은 오직 하나였다.

'나태했다.'

자기 삶을 진창에 처박고 있다는 사실조차 인지하지 못한 채, 공부라는 허울 좋은 핑계 뒤에 숨어 있었다.

고개를 푹 숙인 채 생각에 잠겨 있던 이세신이 천천히 시선을 들었다. 그리고 맞은편에 앉아 있는 담기령의 두 눈을 직시하며 힘겹게 말했다.

"나, 나는……. 내 삶을 직시하지 않고, 스스로 눈을 가린 채 도망쳤다."

천재라는 평가까지는 몰라도, 적어도 수재의 수준은 되는 이세신이었다. 그렇기 때문에 가슴을 후벼 파는 송곳 같은 말을 이해하고 곱씹을 수 있었다. 그리고 부끄럽지만 그것을 깨닫고 인정할 수 있었다.

그런 이세신을 향해 담기령이 피식 웃으며 말했다.

"그럼 지금 이 자리에서 당신의 삶에 다른 제안을 하나 해도 되겠습니까?"

"무엇인가?"

"아까도 말씀드렸듯이, 저는 용천현 담씨세가의 소가주입니다. 그리고 늦게나마 설명을 덧붙이자면, 담씨세가는 무림이라는 세상에 속해 있는 무가(武家)입니다."

"그래서?"

"그 담씨세가의 책사가 되어 보실 생각은 없습니까?"

"뭐라고?"

생각지도 못한 제안에 이세신이 멍한 표정을 지었다. 그것이 결국은 도망치고 있었던 것이라고는 해도, 평생을 과거 시험에 매달려 왔던 이세신이었다. 그런 자신에게 무가의 책사 자리를 제안한다는 것은 참으로 뜬금없는 이야기였다.

하지만 이세신은 담기령의 제안에 깊은 고민에 빠질 수밖에 없었다. 이제 막 자신의 삶에 대해 고민해 보던 찰나에 들어온 이야기니 당연했다.

자신의 본모습을 일깨워준 사람이 내놓은 제안이기에 더욱더 고민스러웠다.

'어떤 삶을 살아갈 것인가?'

지금껏 단 한 번도 생각해 본 적이 없기에, 당장 떠오르는 것 또한 없었다. 지금 이세신 선택할 수 있는 것은 둘 중 하나였다.

이제부터라도 자신의 삶에 대해 고민해 보는 것과 담씨세가의 책사. 그러다 문득 조금은 다른 고민이 떠올랐다.

'내가 할 수 있는 게 뭐지?'

어려서 수재라는 말을 들었고, 평생 공부만 해왔던 그였다. 세상의 일에 대해서도, 책을 통해 알아낸 지식이 전부였다. 그러니 그가 할 수 있는 일이라면, 결국 머리를 쓰는 것 외에는 없었다.

거기에 한참이나 뒤늦은, 하지만 진작 했어야 할 고민이 더해졌다.

'이제 와서 급제를 한다고 해도……'

급제하여 관직에 오른 동기나 후배들은 이미 까마득히 높은 위치에 있을 터였다.

게다가 부학(附學)에서의 승강 시험에서는 항상 수석을 하던 이세신이었다. 그가 십 년이 넘도록 생원이라는 학위를 유지할 수 있었던 이유도 바로 그것이었다.

어쨌든 천재라는 말은 듣지 못해도 범재들보다는 충분히 뛰어난 그가 뒤늦게라도 급제를 했을 경우, 얼마나 견제를 받을지에 대해서도 고민해야 했다.

한참을 고민하던 이세신이 강렬한 눈빛으로 담기령을 보며 말했다.

"하겠소. 나를 써주시오."

방금 전처럼 흔들리는 눈빛이 아닌, 결의에 찬 두 눈. 담기령이 그런 이세신을 향해 말을 덧붙였다.

"책사라 하여 흔히 말하는 책사를 생각하시면 안 됩니다. 어쩌면 자존심이 상할 수도 있고, 마음이 상할 수도 있습니다. 그래도 담씨세가로 오시겠습니까?"

그리고 이세신은 다시 본래의 낙천적인 성격으로 돌아왔
다.

"어차피 그대 때문에 더 상할 것도 없는 자존심이오."

담기령이 부드러운 미소를 지으며 말했다.

"당신을 담씨세가의 책사로 초빙하고자 합니다. 허락해
주시겠습니까?"

"내가 진짜 있어야 할 자리를 내어 준다면 분골쇄신하겠
소."

"그럼 잘 부탁합니다."

편안한 표정으로 대화가 마무리된 후, 이세신은 철현유
원을 박차고 나와 담기령의 뒤를 따랐다.

8장
담평객잔의 낯선 풍경

"수고가 많으셨소."

담기령의 말에 구모섭이 배시시 웃어 보였다.

"공자님은 필요한 물건을 말한 것이고, 저는 제 일을 했을 뿐이지요."

"덕분에 좋은 장원을 구했소이다."

담기령이 자신을 둘러싸고 있는 많은 사합원들을 둘러보며 말했다.

구모섭은 확실히 능력있는 거간이었다. 겨우 며칠만에 아직 사람이 살고 있는 집의 주인들을 설득해, 담기령이 원하는 규모의 장원을 조성할 수 있도록 일을 처리한 것이었다.

"뭐 어디 제 능력뿐입니까? 지부 대인과 담 공자께서 운산이라는 땡추를 처리해 주신 덕분이지요."

운산과 구흥방의 계획을 무산시킨 후 섭문경은 그 잔당들을 처리하는 데 총력을 기울였다. 그중에서도 가장 먼저 한 일이 부도 내의 고리대금업자들의 처리였다.

운산은 구흥방만이 아니라, 부도 내에 있는 고리대금업자들과 손을 잡고, 보길사에 시주를 하는 이들에게 돈을 빌려주도록 하고 그 이득을 나눠가졌던 것이다.

그 연결 고리를 파악하고 있던 섭문경은, 곧장 추관인 육소헌을 시켜 그들을 잡아들이도록 했다. 그리고 그들에게 돈을 빌려 궁지에 몰렸던 이들의 빚을 탕감해 주었다.

운산에게 뺏긴 돈을 모두 돌려주는 것이 좋지 않겠냐는 의견도 있기는 했지만, 섭문경은 일언지하에 그 의견을 묵살했다. 운산의 섭혼술에 걸려 불가항력인 부분이 있었다고는 해도, 그들이 그리된 데는 결국 스스로의 잘못이 있기 때문이었다.

집을 팔아도 갚을 수 없을 정도였던 어마어마한 빚이 탕감되자, 그들에게 걸려 빈털털이가 될 뻔했던 사람들은 희망의 끈을 붙잡을 수 있었다.

그 틈에 구모섭이 다가가 제값을 주고 집을 파는 것을 제안했던 것이다. 별다른 돈이 없었던 사람들은 정당한 가격에 집을 팔면, 그 돈이 다시 삶을 꾸릴 수 있는 밑천이 되었기에 흔쾌히 거래를 허락했다.

물론, 그곳에서 집을 판 모든 사람들이 운산에게 당했던 것은 아니었기 때문에, 나머지는 모두 구모섭의 능력에 의해 마무리가 되었다.

집들을 둘러보는 담기령을 향해 구모섭이 은근한 목소리로 물었다.

"헌데 집들을 개수하여 하나의 장원으로 꾸릴 공사는 어찌하실 생각입니까?"

"일을 맡아줄 사람이 있소?"

"헤헤, 이 영녕대가의 집들은 모두 제 손을 거쳐서 증축되기도 하고 나누어지기도 하지요."

"그럼 구 거간에게 맡기면 되는 일이로군."

"물론입니다."

"그러면 그 일도 맡아서 처리해 주시오. 조만간 세가에서 사람을 보낼 터이니, 그와 이야기해서 일을 처리해 주면 될 것이오."

"맡겨만 주십시오. 절대 후회하실 일은 없을 겁니다."

그렇게 일을 맡긴 후, 담기령이 저 멀리 장원 내부를 살피는 담기명을 향해 외쳤다.

"곧 배가 뜰 것이니 어서 가자!"

"예, 형님."

담기령의 말이 끝나기가 무섭게 담기명이 달려왔다.

"그럼 잘 부탁하오."

"염려 붙들어 놓으십시오. 그럼 가시는 길이 편안하시기를 빌겠습니다."

구모섭과 인사한 후, 담기령은 담기명과 함께 곧장 영녕 대가를 따라 포구를 향해 걸음을 옮겼다.

"그런데요, 형님."

"응?"

"어제 이 생원 말입니다."

이 생원, 철현유원에서 데리고 나온 이세신이었다.

"이제 생원이 아니니 이 학사지."

지방의 교육 기관인 부학이나 현학에서 공부를 할 수 있는 자격이 바로 생원이었다. 지방의 과거 시험인 향시에 응시할 수 있는 자격이기도 했다.

이세신은 어제 자신의 학위인 생원을 버리고 나왔으니, 더 이상 생원으로 부르지 말라는 뜻이었다.

"뭐 어쨌든 말입니다."

"그래, 그가 왜?"

"어떻게 그렇게 냉큼 따라나설 생각을 했을까요?"

"그게 궁금했었느냐?"

"예, 아무리 생각해도 그가 그렇게 냉큼 따라나설 정도는 아니었던 것 같아서요."

궁금해 죽겠다는 표정으로 말하는 담기명을 향해, 담기

령이 드물게도 조금 사악해 보이는 미소를 띠며 말했다.

"이 형이 사기를 좀 쳤다."

"예? 사기라니요?"

담기명이 깜짝 놀라 물었다. 어제 그 자리에는 자신도 있었지만, 담기령이 거짓말을 하지는 않았다.

"정확하게 사기라고 말하기는 애매하지만, 그가 나에게 속은 것은 분명하지."

"어떻게요?"

"이제는 포기해야 할 과거시험을 제외하고, 그가 할 수 있는 다른 일이 없다는 느낌을 받도록 이야기를 주도했지. 그렇게 궁지에 몬 후에, 슬쩍 담씨세가의 책사라는 길을 터 주었던 것이다. 사방이 낭떠러지인데 유일하게 잡을 구명줄이 담씨세가로 오는 것이라고 착각하도록 그의 상실감과 절망을 이용한 거다."

"허!"

담기명이 멍한 표정으로 입을 쩍 벌렸다. 그 대화에, 저런 고도의 심리전이 있을 거라고는 조금도 생각지 못했던 것이다.

하지만 아직 풀리지 않는 의문이 있었다.

"그래도 굳이 제발로 찾아온 천재를 거절하고, 십여 년 동안 과거에 낙방한 유생을 데리고 온 것이 여전히 납득이 가지 않습니다."

"천재는 아주 드물지만, 수재는 생각보다 많기 때문이다. 아무리 그래도 책사를 구하는데 머리가 나쁜 사람을 쓸 수는 없지 않느냐? 그리고 그 이유에 대해서는, 스스로 생각해 보라고 하지 않았더냐?"

"예, 그렇지요."

담기명이 안타까운 표정으로 슬쩍 인상을 찡그렸다. 지난밤, 머리에 쥐가 나도록 고민을 해보았지만 아무리 생각해도 알 수가 없었다. 그래서 오늘 슬쩍 말을 돌려서 물어보았는데, 형님이 넘어오지 않아 입맛만 다시게 된 것이다.

"오셨습니까?"

이야기를 나누는 사이 두 사람은 포구에 도착했고, 미리 기다리고 있던 이세신이 먼저 다가와 말을 걸었다.

"예, 남은 일을 처리하고 오느라 조금 늦었습니다. 오래 기다리셨습니까?"

"아닙니다. 저도 방금 왔습니다."

"그런데 가져가실 짐은 그게 전부입니까?"

담기령이 이세신이 메고 있는 등짐을 가리키며 물었다.

"십 년이 넘게 책만 읽었습니다. 따로 챙겨갈 내 물건이라고는 옷가지 몇 벌이 전부입니다."

담기령이 정박 중인 배 쪽으로 걸음을 옮기며 말했다.

"홀가분하게 떠나는 것도 좋지요. 그럼 가십시다."

담기명과 이세신이 잰걸음으로 그 뒤를 따랐다.

"어이구, 얼굴이 완전 반쪽이네."

유춘은 마주 앉은 두 사람을 보며 세차게 혀를 차댔다.

맞은편의 두 사람은, 열흘 전쯤 담씨세가의 무관인 용천무관에 무공을 배우겠다고 찾아갔던 오평안과 장삼이었다. 겨우 열흘 만에 두 사람은 얼굴이 핼쑥해질 정도로 삐쩍 말라 있었다.

"그래도 죽을 정도는 아니다."

대답한 사람은 오평안이었고, 장삼은 힘겹게 고개를 끄덕였다. 하지만 유춘이 듣기에는 죄다 헛소리다.

"아니긴, 용천무관에서 하루 종일 곡소리가 퍼진다는 걸 내가 모르는 줄 아냐?"

"뭐, 어때 무공을 배우잖아."

"무공은 지랄. 이 자식들아 나도 듣는 귀가 있다. 무관에서 한다는 게 무공 수련이 아니라, 새벽부터 밤까지 죽도록 굴려대는 거라는 걸 내가 모를 줄 알아?"

오평안과 장삼이 죽을 것 같은 피로에도 불구하고 감탄을 터트렸다. 역시 유춘은 대단한 놈이었다. 용천무관에서 하루 종일 곡소리가 퍼지는 거야 주변 사람들이 들어서 아는 것일 테지만, 그 외의 사안을 이렇게 훤히 꿰고 있다니.

유춘의 말은 정확했다.

무공을 배우러 들어간 두 사람은, 새벽부터 밤까지 죽도록 몸을 혹사시키고 있었다.

새벽에 눈을 뜨자마자 흔히 마보라고 알려진 것과 비슷한 자세로 한 시진을 버틴 후 아침을 먹었다.

그리고 점심을 먹을 때까지 죽도록 무관의 장원 내부를 달리고 또 달렸다. 어찌나 달려대든지 장원 내부 곳곳에 토사물이 가득할 정도다.

그렇게 입맛이 싹 달아난 상태에서 점심을 먹은 후에는 비명이 나올 정도로 근력을 단련했다. 인간의 몸에 있는 근육이라는 게 얼마나 다양하게 나뉘어 있는지, 그것들을 단련하는 방법이 얼마나 많은지 기절할 정도였다.

마지막으로 저녁을 먹은 후에는, 지쳐 쓰러질 때까지 또 달렸다.

매일매일이 그런 일과의 반복. 하루 종일 곡소리가 울려 퍼지는 게 당연한 일이었다.

무관에 등록했던 이들 중 벌써 절반이 제발로 무관을 나갔을 정도였다.

유춘이 안쓰럽다는 얼굴로 두 사람에게 말했다.

"너희도 이쯤에서 포기해라. 내 보아하니 담씨세가에서 장난을 치는 게 분명하다. 무공은 무슨 얼어죽을!"

"말 조심해라!"

갑자기 되돌아온 호통에 유춘이 저도 모르게 찔끔하며 오평안과 장삼의 눈치를 살폈다. 하지만 눈앞의 두 사람을 무서워한다면 유춘이 아니다.

"이, 이것들이 어디서 소리를 질러? 그럼 내 말이 틀렸냐? 니들이 배우는 게 어디가 무공이야? 들어간 후에 주먹질 한 번 제대로 가르쳐 주든?"

그사이 애써 흥분을 가라앉힌 오평안이 담담한 목소리로 대답했다.

"그러지는 않았지."

"거봐, 그게 어디 무공을 가르쳐 주는 거냐?"

하지만 오평안은 물론 장삼의 얼굴에도 흔들림은 보이지 않았다. 이해가 가지 않을 정도로 확고한 믿음. 그것을 본 유춘이 잠시 고민한 후 물었다.

"도대체 뭘 보고 그렇게 믿는 거냐?"

신뢰라는 것은 간단하게 생기는 것이 아니다. 그것도 겨우 열흘 만에 저런 신뢰가 생기는 것은 흔한 일이 아니다. 그러니 무언가 이유가 있으리라.

"저기, 저기 저 사람들 보이지?"

지금 세 사람이 앉아 있는 곳은 현도 내에 있는 담평객잔이었다. 담씨세가의 점포였는데, 용천무관의 수련생들은 반값으로 해준다는 말에 이곳으로 온 참이었다.

장삼의 말에 유춘이 슬쩍 뒤를 돌아보았다. 저 뒤쪽에 오평안이나 장삼처럼 헬쑥한 얼굴로 앉아 있는 네 명의 사내가 보였다.

"음? 저 사람들?"

유춘이 놀란 표정을 지었다. 처음 보는 것 같은데 대단히 낯이 익은 얼굴. 잠시 고민하던 유춘이 장삼에게 물었다.

"혹시 담씨세가 외당 무인들이냐?"

유춘은 현도의 저잣거리에서 가장 일 잘하고 장사에 소질도 있는 뛰어난 점원이었다. 그 바탕이 되어준 것 중 하나가 예리한 눈썰미. 살이 확 빠지기는 했지만 저자에서 본 담씨세가의 무인들이 분명했다.

그러다 문득 뭔가 이상하다고 생각한 유춘이 객잔 안을 휘휘 둘러보았다.

"어? 저쪽도, 그리고 저기 구석에도……."

유춘이 객잔 곳곳을 슬쩍 가리키며 장삼을 보았다.

"맞다. 담씨세가 외당 무인들."

"저 사람들은 왜 저렇게 얼굴이 반쪽이 됐냐? 너희들처럼 구르는 것도 아닐 텐데……. 헉, 설마!"

유춘이 자신의 머릿속에 떠오른 생각을 믿을 수 없다는 듯 물었다. 그리고 오평안이 그 설마를 확인시켜 주었다.

"맞다. 저 사람들도 우리하고 똑같이 하고 있다."

"왜?"

유춘이 이해할 수 없다는 얼굴로 물었다. 오평안이나 장삼은 무공을 배우러 들어갔으니 그렇다고 칠 수 있었다. 그렇게 죽도록 굴리는 것이 진짜 무공을 가르쳐 주는 것인지는 차치하고서라도 말이다.

그런데 이미 무공을 배워서 담씨세가의 외당에 소속되어 있는 저들이 왜 그런 짓을 한단 말인가?

"전에 네가 말한 대공자님 있지?"

"담기령 공자님?"

"그래, 그 공자님이 시키신 거다. 우리 같은 수련생만이 아니라, 외당 소속 무인들까지 전부."

유춘이 멍한 얼굴로 방금 했던 질문을 똑같이 반복했다.

"왜?"

"담기령 공자님이 외당 무인들에게 새로운 무공을 가르쳐 주신다고 했는데, 그러기 위해서 가장 먼저 필요한 것이 몸을 만드는 거라고 하셨거든. 우리가 하루종일 하는 수련도 전부 대공자님이 지시하신 방법이야."

"그, 그래?"

"외당 무인들도 죽을 둥 살 둥 수련하고 있다. 우리야 하다가 안 되면 무관에서 나가면 그만이지만, 저 형님들은 세가의 무인인데 수준이 안 되서 무공을 못 배우면 결국 뒤쳐질 뿐이잖아."

"그렇기는 하겠네."

유춘의 표정이 묘하게 변했다. 그리고 괜한 위기감이 들었다. 왠지 눈앞의 친구들이 이대로 점점 더 커질 것 같은 느낌.

'나도 해볼까?'

문득 그런 생각이 들었다. 하지만 유춘은 이내 고개를 내저었다. 자신이 가장 잘하는 것은 장사였다. 몸을 쓰는 것은 애초에 소질이 없었다.

"알았다. 열심히 수련해서 뭔가 한 자리씩 해봐라. 그럼 얼른 먹기나 하자. 자자, 여기 술도 한잔씩 받아."

유춘이 술병을 집어 들고 하는 말에 오평안과 장삼 두 사람이 동시에 고개를 저었다.

"우리는 안 마셔. 너 혼자 마셔라."

"뭐?"

"수련 중에는 먹는 음식까지 제한되어 있다. 오늘은 지난 열흘간 고생했다고, 저녁 시간 동안 쉴 시간을 줘서 이렇게 나온 거다. 한 끼 정도는 먹고 싶은 걸 찾아 먹어도 절대 술은 안 된다고 했어."

유춘의 시선이 다시 한 번 주변을 훑었다. 그러고 보니 담씨세가에서 나온 것 같은 이들은 하나같이 술은 마시지 않고 있었다.

"허허, 거참."

"밥은 정해진 만큼 반드시 다 먹어야 되고, 잠도 정해진 시간 만큼만 자야 돼. 밥을 남기는 것도 안 되고, 더 먹는 것도 안 되지. 그래서 다들 얼굴이 이렇게 된 거야."

"도대체 왜 그런 짓을 사서 하냐?"

유춘이 이해할 수 없다는 듯 물었지만, 두 사람의 표정은 확고했다.

"반드시 담씨세가 외당 무인이 될 거다."

"허허, 그래 알았다."

그때였다.

"대공자님!"

객잔 곳곳에 앉아 있던 담씨세가의 외당 무인들이 분분히 일어나 입구 쪽을 향해 포권을 한다.

반사적으로 객잔 입구로 시선을 돌리니, 세 명의 남자가 안으로 들어서고 있었다.

"어? 대공자님이시네?"

유춘의 말에 오평안과 장삼의 시선도 돌아갔다.

"저분이 우리 대공자님이셔?"

오평안이 물었다. 용천무관에 들어가 이미 열흘째 수련을 받고 있었지만, 실제로 대공자의 얼굴은 본 적이 없는 탓이었다.

"그래, 그 뒤에 있는 사람이 이 공자님이시고. 제일 뒤에 등짐 들고 있는 서생은 누군지 모르겠다만."

유춘은 얼마 전 저자를 지나 포구로 향하던 담기령과 담기명을 보았기에 그 얼굴을 알고 있었다.

"저분이 우리 소가주님이시구나."

"우리 소가주는 무슨……."

아직 제대로 담씨세가의 무인이 된 것도 아니면서, '우리 소가주'라고 하는 게 아니꼬왔던 듯 유춘이 입술을 삐죽거렸다. 하지만 이내 되돌아온 오평안과 장삼의 날카로운 시선에 급히 입을 다물어야 했다.

"뭐, 나야 너희 덕에 술을 반값에 마시면 좋은 거지. 자자, 먹어."

"어서 오십시오, 대공자님."

담평객잔은 담씨세가의 객잔이었기 때문에, 따로 객잔의 총관을 두어 관리했다. 그 담평객잔의 총관인 양우제가 황급히 달려와 담기령을 맞이했다.

객잔 안에서 음식을 먹던 세가의 무인들에게 일일이 고개를 끄덕여 준 담기령이 양우제에게 말했다.

"남는 방이 있나?"

부도에서 타고 떠난 배가 저녁 늦게야 도착한 탓에 일단 담평객잔에서 하룻밤을 묵고 세가의 장원으로 돌아가기로 한 것이다.

"물론입니다."

"그럼 안내해 주게. 저녁도 좀 준비해 주고."

"알겠습니다요. 이쪽으로 오시지요."

양우제가 몸을 반으로 접을 듯 허리를 숙여가며 대답하고는, 곧장 앞장을 섰다.

담기령이 뒤를 따라 걸음을 옮기며 양우제에게 물었다.

"그런데 현도 내의 저자에서 가장 장사를 잘하는 이가 누구인가?"

"가장 장사를 잘하는 사람이요?"

"자기 점포가 아닌, 월봉을 받고 일을 하는 점원들 중에서 말일세."

양우제의 머릿속에 반사적으로 떠오르는 이름이 있었다. 그리고 또 한 가지 기억. 양우제가 반사적으로 손을 들어 객잔 안의 탁자 중 한곳을 가리켰다.

"저기, 저놈입니다. 유춘이라고 소금 가게 점원인데, 열두 살에 점원일을 시작한 놈인데 수완이 아주 그만입니다요."

담기령의 시선이 양우제가 가리킨 쪽으로 향했다. 헬쑥한 얼굴의 두 청년과 그 맞은편에 앉은 청년이 보였다.

"저기 저 두 사람은 혹시……."

헬쑥한 그 얼굴들이, 아까 인사를 했던 세가의 무인들과 너무 비슷해 혹시나 하는 표정으로 물었다.

"예, 원래 저자에서 점원을 하던 놈들인데 열흘 전에 용천무관에 등록을 했다고 하더군요."

"잠시 이야기를 좀 해봐야겠군."

뜬금없는 말과 함께 담기령이 성큼성큼 유춘이 있는 탁자를 향해 걸었다.

"어? 혀, 형님."

담기명이 깜짝 놀라 뒤를 따르고, 이곳에 아는 사람이라고는 담씨 형제밖에 없는 이세신이 종종걸음으로 쫓아갔다.

"자네가 유춘인가?"

"에……."

술잔을 들어 입으로 가져가던 유춘이 그대로 굳은 채 눈동자만 치켜들어, 탁자 옆에 선 담기령을 보았다.

동시에 오평안과 장삼이 황급히 자리에서 일어나 포권을 했다.

"오평안이라고 합니다, 대공자님!"

"장삼입니다. 열심히 수련하고 있습니다!"

쩌렁쩌렁한 외침에 객잔 안에 있던 모든 시선이 두 사람에게 쏠렸지만, 두 사람은 아랑곳하지 않고 담기령에게만 시선을 주었다.

"열심히 수련해 주게. 분명 좋은 일이 생길 거야."

담기령이 고개를 끄덕이며 하는 말에 두 사람의 입이 헤벌쭉 벌어졌다.

두 사람에게서 다시 유춘에게 시선을 돌린 담기령이 다시 물었다.

"자네가 유춘이 맞나?"

겨우 정신을 수습한 유춘이 술잔을 내려놓고 대답했다.

"그렇습니다만?"

"자네가 현도의 저자에서 장사를 가장 잘한다고 들었는데?"

"크크, 저자에서 나만한 놈이 없기는 하지요. 저놈들을 포함해서도 말입니다."

유춘이 재미있는 일이라도 만났다는 듯, 오평안과 장삼을 가리키며 잘난 척 고개를 빳빳이 쳐들었다.

하지만 이어진 담기령의 말에 유춘의 얼굴이 괴상하게 일그러졌다.

"그렇다면 자네 담씨세가에서 일을 해보지 않겠나?"

"무, 무슨 소립니까?"

장사를 잘하냐고 묻더니 뜬금없이 세가에서 일을 하라니. 이게 무슨 말인가. 그러다 문득 떠오른 생각에 급히 물었다.

"다, 담씨세가에서 상단을 꾸리는 겁니까?"

장사를 잘하냐고 물었으니, 그런 건 아닌가 싶었다. 상단을 꾸려서 그걸 맡기는 건 아닌가 하는 허황된 생각도 잠시 머릿속에서 맴돈다.

하지만 담기령은 가차없이 고개를 저었다.

"아닐세."

"그럼 제가 담씨세가에서 무슨 일을 하라는 겁니까?"

"자네를 우리 세가의 책사로 쓰고 싶네."

"형님!"

"대공자!"

담기명과 이세신이 외마디 비명을 내질렀다. 지금 이건 또 무슨 말인가. 이세신을 책사로 쓰겠다고 데려와놓고, 뜬금없이 저자의 점원에게 책사가 되지 않겠냐고 묻다니.

"끅!"

유춘이 갑자기 딸꾹질을 해대기 시작했다.

"뭐라고 끅, 했습니까?"

멀쩡한 얼굴로 낮술이라도 처먹었나? 아니면 젊은 나이에 노망이라도 든 걸까. 이게 무슨 헛소리인가.

하지만 담기령은 확고한 표정으로 자신의 말을 되풀이해주었다.

"담씨세가의 책사로 일해보지 않겠냐고 물었네?"

결국 유춘이 참지 못하고 외쳤다.

"지금 제정신으로 하는 말입니까? 책사라니요? 뭐, 제가 장사에 필요한 글자 정도는 읽고 쓸 줄 압니다만, 책사라는 게 글만 안다고 되는 게 아니지 않습니까?"

그런데 저도 모르게 가슴이 떨렸다. 어림도 없는 말이라는 걸 알면서도 괜히 마음이 설렌다.

그리고 담기령이 세 번째로 똑같은 의미의 말을 했다.

"제정신으로 하는 말일세. 강요는 않겠네만, 생각이 있다면 모레까지 담가승택으로 찾아오게."

그리고 유춘이 뭐라고 대답하기도 전에 휑하니 몸을 돌려 저만치 멍청한 표정을 짓고 서 있는 양우제에게 걸어갔다.

그리고 담기명과 이세신이 똑같이 멍청한 얼굴로 급히 그 뒤를 쫓았다.

"뭐, 뭐냐? 지금 저 인간이 나한테 무슨 헛소리를 지껄이고 간 거냐?"

아직도 머릿속이 멍한 유춘이 중얼거리듯 물었다.

"말 조심해!"

장삼이 버럭 화를 냈지만, 유춘은 그 모든 것이 아득한 느낌이 들었다. 머리만 둥둥 떠서 허공을 부유하는 것 같은 기분이었다.

"미쳤네, 미쳤어. 책사가 웬 말이야?"

무슨 말을 해도 소용없다는 것을 직감한 오평안과 장삼이, 뭐라고 화를 내려다 그냥 입을 다물었다. 솔직히 자신들도 담기령이 무슨 생각으로 그런 말을 했는지 이해가 되지 않았다.

세 사람은 그렇게 잠깐 동안 멍한 표정을 주고받았다. 그러다 오평안이 묘한 표정으로 말했다.

"할 거냐?"

"내가 미쳤냐? 저 턱도 없는 소리를 내가 믿겠냐?"

장삼이 멍한 얼굴로 고개를 끄덕였다. 하지만 오평안은 조금 생각이 다른 듯했다.

"우리 대공자님이 흰소리를 늘어 놓았을 리가 없잖아."

"그렇다고 말이 되는 소리도 아니지."

"할 일이 없어서 우리를 붙들고 그런 짓을 하겠냐? 분명 뭔가 생각이 있으신 걸 테지. 그러니까 한 번 고민해 봐."

"됐다. 난 이대로 돈 모아서 내 점포 하나 갖는 게 꿈인 사람이야. 하, 무림 세가의 책사? 지나가던 똥개가 비웃을 일이네. 됐어, 술이나 마셔."

"이 학사님, 뭐라고 말 좀 해보세요."

담기명이 기가 찬 얼굴로 말했다. 하지만 이세신은 담기명이 기대했던 반응은 보여주지 않았다.

"소가주께서 뭔가 생각이 있으시겠지요."

그 특유의 낙천적이고 느긋한 성격 탓인지 빙글빙글 웃으며 대답한다. 수재라는 말을 듣던 자신이 있는데도, 저자의 점원을 책사로 들이겠다는 담기령의 말에 별로 자존심이 상하지도 않은 모양이다.

"형님!"

거듭된 담기명의 외침에 담기령이 나지막한 목소리로 말했다.

"왜 그러느냐?"

"아까 그 유춘이라는 사람을 책사로 받으려 하다니요? 도대체 그건 무슨 말입니까?"

하지만 담기령은 답을 주지 않았다.

"생각해 보라고 말하지 않았느냐? 나는 방금 너에게 문제를 풀 수 있는 암시를 준 것이다."

"예?"

또 저 얘기다. 하지만 이쯤 되니 꼭 자신을 놀리고 있는 것 같은 느낌이었다. 그때 가만히 이야기를 듣고 있던 이세신이 담기명에게 물었다.

"방금 그건 무슨 이야기입니까?"

"아, 그게 그러니까……."

담기명이 말끝을 흐리며 대답을 망설였다. 이세신 이전에 구여상이 왔었다는 이야기를 하는 게 조금 꺼려진 탓이다. 하지만 담기령의 선택은 이세신이었으니, 크게 문제가 될 것 같지는 않다는 결론에 도달했다.

담기명의 이야기를 모두 들은 이세신이 고개를 끄덕였다.

"구 진사라면 저도 알고 있습니다. 수재라는 말을 듣던 나조차 넘보기 힘들 정도의 천재지요."

"그러면서 형님이 어떻게 하면 그런 천재들 못지않은 책사를 둘 수 있는지 생각해 보라고 하셨습니다."

순간 이세신의 눈동자가 번뜩였다. 동시에 피식 미소를 짓더니 담기명에게 말했다.

"저는 그 답을 알 것 같습니다."

"예?"

"대공자는 방금 말한 것처럼, 이 공자에게 답에 대한 암시를 준 겁니다."

"그게 무슨 말입니까?"

"답을 저에게 물어보시면 안 되지요."

"이 학사!"

담기명이 답답한 마음에 버럭 소리를 질렀지만, 이세신은 능글맞은 미소를 지으며 객잔의 문 쪽으로 걸어갔다.

"사실 저로서도 조금 자존심이 상하기는 합니다만, 대공자의 의중이 제가 지금 짐작한 대로라면 어느 정도 납득할 수 있습니다. 그럼 저는 이만 제 방으로 가보겠습니다. 내일 아침에 뵙지요."

문을 열고 나서려던 이세신이 갑자기 멈칫하더니, 뒤를 돌아보며 말을 더했다.

"단서를 하나 더 드리겠습니다. 가죽장이를 한 번 생각해 보십시오."

"예? 가죽장이요?"

담기명이 당황스러운 얼굴로 되물었지만, 이세신은 이미 밖으로 나선 후였다.

그런데 담기명은 물론 담기령까지도 당혹스러운 표정을 짓고 있었다.

'가죽? 가죽장이? 그게 뭐지?'

담기령도 감이 오지 않는 단서였다.

'설마 내가 책사를 잘못 들인 건 아니겠지?'

뜬금없는 불안감이 담기령을 엄습해 왔다.

9장
처주무련

"다녀왔습니다."

담기령의 인사에 담고성이 고개를 끄덕였다.

"그래, 무사히 잘 다녀온 듯하구나. 갔던 일은 잘 마무리가 되었고?"

"예, 처주 지부와 원하는 대로 이야기를 마무리했습니다."

"그런데 뒤에 계신 분은 누구시냐?"

담고성이 담기명 뒤에 서 있는 이세신을 가리키며 물었다. 그리고 담기령이 소개를 하기도 전에 이세신이 살짝 앞으로 나서며 포권을 했다.

"인사 올립니다. 처주 부도의 철현유원에서 나온 이세신이라고 합니다."

"어, 어서 오시오."

담기령에게 별다른 이야기를 듣지 못했던 담고성이 궁금한 표정으로 아들을 보았다.

"일전에 떠나기 전에 말씀드렸지요. 부도에 가서 우리 세가의 책사를 모셔오겠노라고요."

"아아, 그랬지. 그럼 이분이?"

"예, 담씨세가의 책사 중 한 분인 이 학사입니다."

"허허, 어서 오시오. 세가에 귀한 분을 모시게 되었구려."

담고성이 반가운 표정으로 이세신을 맞이했다.

"저야말로 잘 봐주십시오. 모자란 것이 많습니다."

"허허, 한눈에 봐도 머리가 비상하신 분인 것 같소이다. 그런데……."

이세신의 인사를 받은 담고성이 슬쩍 말꼬리를 돌리며 아들을 보았다.

"방금 책사 중 한 분이라고 했느냐?"

책사 중 한 명이라는 말은, 책사가 여러 사람이라는 뜻. 동시에 담기명이 불쑥 나서며 말했다.

"아버지, 형님이 이상한 짓을 합니다."

"그건 또 무슨 말이냐?"

"다른 사람도 아니고, 저잣거리 점포에서 점원을 하는

사람을 책사로 들이겠다고 하더라고요."

"저자의 점원?"

담기명의 말을 되뇐 담고성이 고개를 갸웃거리며 잠시 생각에 잠긴다. 그러다 문득 뭔가 떠올랐는지 고개를 끄덕였다.

"흔히 있는 일은 아니지만, 나쁘지 않은 생각인 것 같구나."

"예에?"

담기명이 깜짝 놀라 되물었다. 그리고 그런 담기명의 반응에 담고성이 오히려 의외라는 듯 입을 열었다.

"왜 그런 말도 있지 않느냐? 가죽……."

"아버지!"

동시에 담기령이 담고성의 말을 끊었다.

"왜?"

"기명이에게 왜 그러는지 스스로 생각해 보라고 문제를 내었습니다."

"음? 아아, 알았다. 알았어. 명아, 너 혼자 생각해 보아라. 아주 간단한 것이 아니더냐?"

"아, 아버지까지!"

담기명이 배신감을 느끼는 표정으로 아버지와 형을 보았지만, 두 사람은 빙글 웃기만 할 뿐 더 이상 말해주지 않았다.

"아, 여기 서 있을 게 아니라 들어가서 이야기하자꾸나. 이 학사도 함께 들어오시게. 식구가 될 사람이 처음 왔으니 주인된 입장으로 직접 차라도 대접하고 싶으니."

"감사합니다."

이세신이 사양하지 않고 고개를 끄덕였다.

"이게 무엇이냐?"

집무실로 들어온 후, 담기령이 내민 봉투를 집어들며 담고성이 물었다.

"섭문경 지부에게 받은 공문서입니다."

담고성이 고개를 끄덕이며 봉투 안에 든 세 장의 문서를 꺼내 읽어 내려갔다.

"으음?"

그리고 점점 눈이 커지기 시작하더니, 이내 믿을 수 없는 얼굴로 담기령을 보았다.

"이, 이게 사실이냐?"

"거기에 찍힌 것은 분명 처주 지부의 직인입니다."

"자, 잘했다. 훌륭해!"

담고성이 감탄을 터트리며 크게 고개를 끄덕였다.

자리에 있는 사람 중 유일하게 궁금한 표정을 짓고 있는 사람은, 그간의 일을 모르는 이세신이었다. 담기령이 문제의 공문서를 이세신 쪽으로 밀었다.

"이 학사도 읽어보시오."

이세신이 고개를 끄덕이며 세 장의 공문을 읽었다.

"으음……."

뒤이어 이세신의 다물어진 입술 사이로 옅은 신음이 새어 나왔다.

"섭 지부가 이 내용을 모두 수락했단 말입니까?"

"그렇소."

"으음, 사실은 제가 필요 없는 것 아닙니까? 그냥 소가주께서 다 처리하셔도 될 것 같습니다만?"

"나 대신 이 학사가 처리해 줄 거라 믿소."

"허허, 부담스럽군요. 그런데 이걸 저한테 보여주셔도 되는 겁니까?"

이세신이 세 번째 공문을 집어들고 팔랑거리며 말했다. 통행세를 걷을 수 있는 기한이 일 년이라는 내용이 씌어 있는 공문이었다.

즉, 절대 밖으로 새어 나가서는 안 되는 내용.

"아직까지 제가 그 정도로 믿음을 줄 수 있는 모습은 보여드린 적이 없는 것 같은데요?"

담기령이 상관없다는 듯 망설임 없이 대답했다.

"일단 세가의 사람으로 들이기로 결정한 이상, 시간을 들이며 심력을 낭비할 필요는 없소. 그런 고민은 이 학사를 세가의 책사로 받아들이기 전에 이미 끝냈고, 받아들인 이상 세가의 사람으로 믿을 뿐이오."

"화통하시군요. 그 마음 감사히 받겠습니다."

"일단 이야기가 나온 참이니, 지금 다음 일을 이야기했으면 합니다."

담기령의 말에 담고성이 고개를 끄덕였다. 허락을 받은 담기령이 이세신에게 설명을 더했다.

"현재의 내 목표는, 처주의 무파를 하나로 묶는 것이오."

"그 말씀은?"

"연합의 형태, 처주무련이라는 형식을 띠되 담씨세가가 장이 되어 처주부 전체를 담씨세가의 세력권으로 만드는 것."

"방금 현재의 목표라 말씀하셨으니, 그 다음이 또 있다는 말씀이시군요?"

"물론이오. 최종 목표는 천하제일세가요."

"허!"

이세신이 저도 모르게 움찔 몸을 떨었다. 담고성과 담기령 또한 마찬가지. 일전에도 들은 말이지만, 들을 때마다 심장이 두근거리는 한편 겁이 나는 이야기였다.

이세신의 얼굴이 복잡하게 변했다. 두 눈의 초점이 격하게 흔들리고, 입술을 꽉 깨무는 모습이 조금은 겁을 먹은 듯한 얼굴이었다.

"이거 제가 너무 황당한 곳에 몸을 의탁한 건 아닌지 모르겠군요."

"가능성이 없다고 보시오?"

"그럴 리가 있겠습니까? 십 년 공부를 뒤로하고 들어선 길입니다. 이 정도는 되어야지요. 물론, 겁이 난다는 걸 부정하지는 않겠습니다. 게다가 고생길이 너무 훤하기도 하고요."

이세신이 진심을 담아 말했다. 그리고 담기령은 흡족한 표정으로 고개를 끄덕였다.

그중에서 특히 마음에 든 것은 겁이 난다는 말. 어떤 일에 두려움이 없는 자는, 자신감을 넘어선 오만으로 인해 스스로의 함정에 빠진다.

만약 천재라던 구여상이 책사로 왔다면, 자신이 책사로 있으니 당연한 일이라며 재미있어 했을 것이다. 그런 오만함이 종국에는 담씨세가를 패망의 길로 인도했으리라.

"그럼 어찌했으면 좋겠소?"

담기령의 물음에 이세신이 여전히 묘한 표정으로 말했다.

"하하, 아직 방도 제대로 주지 않고 부려먹겠다는 건가요? 뭐, 어쩔 수 없지요."

애써 농담을 던져 조금 전의 긴장을 해소했다. 낙천적이고 느긋한 이세신으로서도, 천하제일세가라는 말이 주는 거대한 의미에 심장이 오그라드는 듯한 기분이 들었던 것이다.

"일단은 각 방파들과 이야기를 해보아야겠지요."

이세신의 말에 담기명이 바로 반응을 보였다.

"어디부터 가는 게 좋겠습니까?"

이번 처주 부도의 여행길은 담기명에게는 아주 인상적인 경험이었다. 보길사에서의 위기나 구여상이 거절당한 일이 있기는 해도, 그것을 제외하면 참 즐거운 여행길이었다. 게다가 성인이 된 후, 형님과 간 여행길이라서 더 즐거웠기도 했다.

하지만 이세신이 고개를 저었다.

"우리가 가는 것이 아니라 그들이 오도록 해야 합니다."

"예?"

담기명이 조금 실망스러운 표정을 짓는다. 하지만 이세신은 일고의 여지도 없다는 듯 말을 이었다.

"소가주님의 목표대로, 담씨세가가 처주부의 주인이 되기 위해서는 그들을 이곳으로 불러들여야 합니다. 시작부터 우위에 서서 일을 진행해야지요. 지난 철문방의 일로, 담씨세가는 현재 위세가 높습니다. 그 위세를 이용하지 않을 필요가 없지요. 더해서 일일이 찾아가서 협조를 요청하는 것은, 그들로 하여금 세가를 만만하게 보는 빌미를 줄 수도 있습니다. 기회가 왔을 때 빠르게 처리하는 게 좋습니다."

배를 타고 용천현으로 오는 동안, 이세신은 철문방과 있었던 일에 대해서 설명을 들은 후였다. 그렇기에 현재의 상황을 이용해 앞으로의 일을 계획할 수 있었다.

담기령이 마음에 든다는 듯 고개를 끄덕였다. 하지만 담고성이 망설이는 표정으로 묻는다.

"그, 그래도 되겠느냐?"

그에게 있어서 지금까지 처주부의 다른 무파들은, 동등한 협력자이지 집어삼켜야 할 대상이 아니었기에 당연한 반응이었다.

대답은 이세신에게서 나왔다.

"소가주가 천하제일세가를 논했다는 말은, 가주께서도 그 말에 동의를 하셨다는 뜻이겠지요?"

"그렇기는 하오."

"그렇다면 가주께서도 이제부터는 스스로의 위치를 다시 한 번 고민하셔야 합니다. 그들을 불러 만날 때도 이제는 동등한 입장이 아닌, 담씨세가가 더 위에 있다는 인상을 주기 위해 노력하셔야 할 것입니다."

"흠흠, 노력은 해보겠소."

담기령이 이세신의 생각에 설명을 덧붙였다.

"그들에게 배첩을 보내 참석을 요청하면, 일차적으로 걸러내는 역할도 되겠군."

"맞습니다. 이 일을 시작하게 되면, 처주부 내의 방파들을 셋으로 분류해야 합니다. 우리 세가가 철문방을 물리쳤지만, 그것에 대해 별 게 아니라고 생각하는 자들. 아마 그들은 세가에서 보낸 배첩에 응하지 않을 것입니다. 그리고 부름에는 응했지만, 세가의 일에 협조하지 않는 이들. 그들은 세가의 위세는 두렵지만, 자신들의 입지가 좁혀지는 것 때문에 망설이는 자들입니다. 마지막은, 세가의 일에 협조적으로 나오는 자들입니다. 하지만 협조적으로 나온다고 해서 그들을 신뢰해서는 안 됩니다. 어쩌면 가장 조심해야 할 부류일지도 모르니까요."

"일단 협조는 하지만 다른 마음을 품고 있을 가능성이 가장 높다는 말이오?"

"그렇습니다."

두 사람이 이야기를 하는 동안, 마음을 진정시킨 담고성이 이세신에게 말했다.

"그렇다면 일단 이 일은 이 학사가 말한대로 시행을 하세. 배첩과 함께 보낼 서신은 이 학사가 작성해 주겠나?"

"그래야지요."

대략의 이야기가 마무리되자, 담고성이 이세신에게 말했다.

"총관을 불러 방을 내어 주라 하겠네."

"감사합니다."

"갈까?"

유춘이 점포 안에 있는 자신의 작은 방 침상에 누운 채 중얼거렸다.

어젯밤에 들은 담기령의 제안 때문이었다.

"에이, 그런 헛소리에 뭐하러?"

마음이 설레었다. 어젯밤에는 그 때문에 한숨도 자지 못했다. 그래서 오늘은 장사를 하는 데도 머릿속이 멍해져서 주인 어른에게 큰 꾸중을 들었다.

그런데 오늘 밤도 역시 잠이 오지 않았다.

"아, 진짜 망할!"

저도 모르게 버럭 소리를 질렀다.

"어디 가지고 놀 사람이 없어서 이 유춘을 가지고 놀아!"

짜증스럽게 소리쳐 보지만 이내 입술을 짓씹으며 고민에 잠긴다. 그냥 재미 삼아 자신을 놀린 게 아닐 수도 있었다.

"평안이나 삼이 놈을 보면……."

오평안과 장삼은, 무공을 가르쳐 준다고 해놓고 죽도록 자신들을 굴리고 있는데도 담씨세가의 그 소가주를 철썩같이 믿고 있었다. 그렇다고 무작정 믿는 것도 아니었다. 그들 나름대로 근거가 있었고, 그것은 유춘이 보기에도 어느 정도 타당성이 있었다.

"흰소리를 하는 성격은 아니라는 건데?"

처음 용천무관의 이야기를 오평안과 장삼에게 전해준 사람이 바로 자신이었다. 하지만 이야기를 하면서도 그는 그 내용을 곧이곧대로 믿지는 않았다. 그런 어처구니없는 이야기를 누가 믿는단 말인가.

하지만 지금 와서 보면, 그 이야기는 거짓이 아닐 가능성이 컸다.

"나한테 그 말을 한 것도 어쩌면……"

혹시나 하는 표정으로 중얼거려 보지만, 이내 고개를 흔든다. 자신은 그런 꿈같은 이야기에 속을 정도로 멍청한 놈이 아니었다.

"필요 없어. 이제 장가 밑천도 거의 다 모았고, 한 십 년만 더 일하면 어쩌면 내 점포를 열 수도 있을 텐데."

점포의 작은 창고를, 주인 어른에게 부탁해 자신의 방으로 만들어 쓰고 있는 유춘이었다. 그 덕에 조금이라도 더 돈을 아끼며 살 수 있었고, 지금은 나이에 맞지 않게 꽤나 큰돈을 모은 참이었다.

앞으로 조금만 더 노력하면 혼인도 할 수 있을 것이고, 더 오래 열심히 일하면 자신의 가게를 열 수도 있을 것이다. 그런데 말도 안 되는 책사라니.

"흥, 어림없지!"

그렇게 중얼거리면서도 한편으로는 얼굴에 멍한 표정이 떠올랐다.

"오평안, 장삼! 에이, 망할 것들!"

뜬금없이 친구들의 얼굴이 떠올랐다. 반쪽이 된 얼굴이 안쓰럽기 짝이 없는 것은 분명했다. 그런데도 녀석들에게서는 다른 것이 느껴졌다.

형형하게 빛을 뿜어내던 그 눈빛. 예전에 함께 저자에서 일을 할 때는 모르고 있었는데, 지금 생각해 보니 그때는 별다른 희망도 없이 그저 하루하루 살아가는 아무런 색깔도 없어 보이는 눈빛이었다. 하지만 지금은, 얼굴은 반쪽이 됐는데도 두 눈에는 꿈과 희망이 가득해 보였다.

'나도 그런가?'

지금 자신의 눈이, 친구들의 예전의 눈빛과 같지 않을까 하는 생각이 문득 들었다.

유춘이 황급히 몸을 일으켰다. 그리고 돈을 아끼기 위해 어지간하면 밝히지도 않던 등잔에 불을 붙이고 주변을 둘러본다.

원래는 점포의 창고였던 곳에 침상과 옷가지만 넣은 방이니, 동경 같은 것이 있을 리가 없었다.

주변을 휘휘 둘러보던 유춘이 무언가 떠오른 듯, 방문을 열고 점포 안으로 들어갔다. 그리고 낮에 떠 놓았던 물항아리로 급히 걸어갔다.

그리고 고여 있는 물에 자신의 얼굴을 비추고, 등잔을 가까이 댔다.

'달라.'

분명 그때 친구들의 눈빛과는 달랐다. 적어도 자신은 장사 수완도 좋고, 돈도 많이 모았다. 앞으로를 살아갈 희망도 있고, 목표도 있었다. 똑같다면 억울한 일이다.

"하아!"

유춘의 입에서 깊은 한숨이 토해져 나왔다. 동시에 가만히 고여 있던 물이 일렁이며, 거기에 비친 유춘의 얼굴을 일그러트렸다.

"달라."

조금 전 했던 생각을 이번에는 입으로 말한다. 과거 친구들의 눈빛과도 다르지만, 그 친구들의 현재의 눈빛과도 달랐다. 오평안이나 장삼처럼 그렇게 형형하게 불타오르는 눈이 아니었던 것이다.

"하아!"

한층 깊은 한숨이 터져 나왔다. 그 친구들의 눈빛을 부러워하는 자신을 발견한 탓이었다.

유춘은 그렇게 물 항아리 위에 허리를 숙인 채 한참을 고민에 잠겼다.

그사이 출렁이던 물이 다시 잠잠해지고, 거기에 비친 유춘의 얼굴도 다시 제대로 비춰졌다.

숨죽인 채 수면에 비친 자신의 얼굴을 노려보던 유춘이 갑자기 허리를 폈다. 그리고 저도 모르게 중얼거렸다.

"내일 찾아가 봐야지."

"형님, 일어나셨습니까?"

이른 아침, 담기명이 담기령의 방문 앞에서 큰소리로 외쳤다.

"들어와라."

담기령의 허락에 담기명이 방문을 부술 듯 열어젖히고 안으로 뛰어들었다.

"이른 아침부터 어쩐 일이냐?"

담기령이 들고 있던 찻잔을 내려놓고, 맞은편 자리에 찻잔을 하나 놓은 후 차를 따랐다.

"알았습니다. 알아냈어요!"

"뭘?"

"형님이 생각하는 책사요! 왜 유춘이라는 사람을 책사로 들이려고 했는지 알았다고요!"

"일단 앉아서 차라도 마시면서 이야기해라."

담기령의 말에 담기명이 급히 자리에 앉았다. 하지만 차는 마실 생각도 없는 듯, 눈길도 주지 않은 채 고개를 쑥 내밀고 흥분한 표정으로 말했다.

"가죽장이 셋이면 제갈량도 이긴다. 그 말이지요?"

"응?"

담기령이 저도 모르게 당혹스러운 표정으로 동생을 보았다.

'도대체 그놈의 제갈량이 뭐하는 놈이냐?'

일전에도 책사 이야기를 할 때 동생이 입에 담았던 이름이다. 촉한의 유비라는 사람이 데리고 있었다던 책사라고 했었다. 하지만 담기령에게는 낯선 이름이었다.

'뭐, 대단한 책사였나 보지.'

대충 그렇게 이해하고 넘어갈 수밖에 없는 이야기. 더불어 이세신이나 담고성이 가죽장이를 언급했던 것도 이해가 갔다. 하지만 그런 형의 반응을 보지 못했는지, 담기명이 흥분이 가라앉지 않은 얼굴로 말했다.

"아무리 천재라도, 여러 사람의 지혜가 모이면 당하기 힘들다 뭐 그런 말이지요?"

"맞다. 이제야 답을 얻었구나."

"하하!"

담기명이 쑥스러운 표정으로 뒤통수를 긁적였다. 사실 담기명이 머리가 나쁜 편은 아니었기에, 평소였다면 바로 답을 알아냈을 문제였다. 하지만 구여상이라는 천재를 내친 후였기에, 그것이 너무 인상이 깊어 답을 알아내지 못했던 것이다.

"그럼 다른 사람을 또 책사로 들이실 겁니까?"

"그럴 생각은 있지만, 어떤 사람을 들일지는 생각해 둔 게 없다."

"그렇군요. 의견을 모아서 좋은 결론을 내리려면, 적어도 세 명은 필요하겠지요?"

단순히 가죽장이 어쩌고 하는 말 때문이 아니라, 그 정도는 되어야 최선의 결론을 낼 수 있으리라.

"그렇겠지. 음, 그래. 너에게 또 하나 과제를 주마."

"에? 또요?"

"세가의 세 번째 책사를 네가 한 번 알아보아라."

"헉, 그래도 될까요?"

"네가 적당한 사람을 데리고 오면 되겠지."

"알겠습니다. 그 자리에 딱 맞는 사람으로 알아보겠습니다."

그때 밖에서 여란의 목소리가 들렸다.

"소가주님."

"무슨 일이냐?"

"유춘이라는 사람이, 소가주님을 뵙고자 합니다."

그 소리를 들은 담기명이 반가운 표정으로 말했다.

"말도 안 되는 소리 하지 말라더니, 결국 찾아왔네요?"

고개를 끄덕여 준 담기령이 밖을 향해 말했다.

"접객실로 안내하거라."

"제갈량을 아는가?"

담기령의 물음에 유춘의 얼굴이 괴상하게 변했다. 책사가 되고 싶으면 찾아오라더니 갑자기 그 이름은 왜 들먹이는가. 하지만 곧장 고개를 끄덕인다.

"물론이지요. 촉한의 유비를 도왔던 와룡선생이 아닙니

까? 그런 유명한 일화도 있지요. 죽은 공명이 산 중달을 쫓아냈던 일 말입니다."

유춘이 최대한 아는 척을 하며 말하고, 담기령이 얼떨떨한 표정으로 고개를 끄덕였다.

'중달? 그건 또 누구야?'

이놈의 제갈량 이야기만 나오면 하나씩 새로운 게 튀어나오니 담기령으로서는 곤혹스러울 수밖에 없었다.

'할아버지, 제가 여기 올 줄 알았으면 이런 것도 이야기를 좀 해주시지 그러셨습니까?'

하지만 여기서는 최대한 아는 척을 하는 수밖에.

"그렇지. 그리고 이런 말도 있네. 가죽장이 세 명이면 제갈량도 이긴다는 말."

"하하, 그렇지요."

"나도 그리 생각하네. 여러 사람의 지혜가 모이면, 아무리 대단한 사람도 이길 수 있다고. 하지만 그렇다고 아무나 들일 수는 없는 일이라, 저자에서 가장 수완이 좋다는 자네에게 제안을 했던 것일세."

담기령은 두 가지 이야기를 동시에 전했다. 유춘이 책사로서 아주 대단한 재능이 있기 때문에 부른 것은 아니다. 하지만 한편으로는 가지고 있는 능력을 높이 샀기에 초빙한 것이다.

상반되는 말인 것 같지만, 유춘에게 자신의 중심을 잡을 수 있도록 말을 건넨 것이다.

"그, 그렇군요."

유춘이 설레는 표정으로 말했다. 적어도 자신을 놀린 게
아닌 것이 확실해진 상황이었다.

"그래, 해볼 마음이 생겨서 온 것이겠지?"

"물론입니다!"

사실 방금 전까지만 해도 마음을 정한 것이 아니었다.
아침부터 가게를 비운 탓에 주인어른에게 죽도록 욕을 얻
어먹겠다는 생각에 불안해하기도 했고, 농담 한 번 했는
데 찾아왔다면 자신을 가지고 놀면 어쩌나 하는 걱정도
했다.

하지만 이제는 그런 게 없었다.

'나도 그 녀석들처럼······.'

오평안이나 장삼 같은 멋진 눈빛을, 이제는 자신도 가질
수 있지 않을까 하는 생각이 들었다.

"고맙네. 그럼 총관에게 일러서 자네 자리를······."

"저, 저기!"

유춘이 황급히 담기령의 말을 막았다.

"왜 그러나?"

"제가 지금은 소금 가게에서 일을 하고 있습니다. 그런
데 제가 바로 그만두게 되면 가게에서 일할 사람이 없어
요."

"그래서?"

"그러니 일단은 가서 주인어른에게 그만두겠다고 말을 하고, 다른 사람을 구할 때까지만 있다가 오면 안 될까요? 에, 그리고 다른 사람이 오면, 일도 가르쳐 줘야 되겠네요."

담기령이 기분 좋은 얼굴로 흔쾌히 고개를 끄덕였다.

"훌륭한 생각일세. 자신의 일을 끝까지 마무리하는 책임감은 중요한 것이지. 그럼 갔다 오게. 며칠이면 되겠나?"

순간, 항상 자신의 일자리를 부러워하던 왕철이 떠올랐다.

"닷새, 닷새면 됩니다!"

"다녀오게. 자네가 지낼 곳을 마련해 놓고 있을 테니."

"감사합니다! 감사합니다!"

유춘이 벌떡 자리에서 일어나 허리가 부러져라 인사를 했다. 그리고는 내어 준 찻잔도 내팽개친 채 담가승택의 정문을 박차고 뛰어갔다.

제운방주 황태춘 前

오랜만에 서신으로 안부를 전하오.

한여름의 훈풍이 잦아들고, 서늘한 바람이 불기 시작하는 계절로 접어들고 있소이다. 그사이 귀방의 안녕함은 풍문으로 잘 전해 듣고 있었소이다.

오늘 이렇게 서신으로 말을 전하게 된 이유는, 본 담씨세가에서 한 가지 제안을 하기 위해서요.

귀방이 자리하고 본 담씨세가가 자리한 처주부는, 오랜 세월 왜구들의 약탈로부터 힘든 시간을 보내왔소. 또한 이제 곧 찾아올 가을이면, 왜구들의 움직임 또한 활발해질 것이 명백하오.

그런 고로, 본 담씨세가에서 그에 대한 총체적인 논의를 통해 처주부에 속해 있는 모든 방파들의 의견을 합일하여 처주부 전체의 평안을 지속시킬 방안을 마련하고자 하오.

본 세가가 이번 일을 계기로 지난날의 앙금을 털고 처주부 전체의 안녕을 이끌어 내고자 하는 대승적 차원에서 건네는 제안이라는 점을 알아주었으면 하오.

혹여 불참한다면 이는, 이후 논의를 통해 진행될 모든 일에도 참여하지 않겠다는 의사의 표시로 이해하겠소. 그런 불미스러운 일이 없기를 바라오.

돌아오는 달 닷샛날에 용천현으로 귀한 걸음을 해주기를 기다리겠소.

담고성 傳

날카로우면서도 시원시원한 필체로 쓰인 한 장의 서신을

사이에 두고 두 사람이 인상을 찡그리고 있었다. 제운방주 황태춘과 아들인 황개형이었다.

"어찌해야 되겠느냐?"

물어보는 황태춘의 얼굴에 짜증이 한가득 어려 있었다. 반면 황개형은 턱을 쓰다듬으며 아주 중대한 고민을 하는 표정으로 고개를 갸웃거렸다.

"글쎄요."

결정을 내리기가 참으로 애매했다. 철문방의 일이 있을 당시, 담씨세가의 요청을 거절한 것이 한 달도 채 되지 않은 일이었다.

그런데 이렇게 서신을 전해왔으니 입장을 정하기가 난감했던 것이다.

하지만 문제는 황태춘의 짜증스러움이 다른 데 있다는 것.

"담씨세가의 요청을 거절하자고 한 것은 네가 아니었더냐!"

목이 터져라 소리를 질러대는 황태춘의 모습에 황개형이 흠칫하는 표정으로 어깨를 움츠렸다.

"하, 뭣이 어쩌고 어째? 이미 멸문할 가문이라고? 봐라, 이게 네가 말했던 멸문이라는 것이냐!"

당시 철문방에 의해 무너질 거라 여겼던 담씨세가는, 철문방의 공격을 막아낸 것으로도 모자라 그들에게 심대한 타격까지 입혔다.

어떻게 했는지는 모른다. 하지만 들리는 소문에 의하면 당시 담씨세가에서 죽은 사람이 겨우 한 명이라 했다. 당시 철문방이 전력을 쏟아부은 것이 아니라는 것을 감안하면 담씨세가의 저력이 최소한 철문방과는 동급이라는 뜻이 아닌가.

그런데 저렇게 느긋하게 앉아서 한다는 말이 '글쎄요'라니. 울화통이 터지지 않는 게 오히려 이상한 일이다.

하지만 황개형은, 황태춘의 분노에 찬 외침을 귓등으로 흘린 후 다시 고민에 잠겼다.

"이놈아!"

끝내 황태춘이 자리에서 벌떡 일어났다.

"아, 좀 앉아 보십시오. 그때의 일은 그때의 일이고, 지금 중요한 건 이 서신이 아닙니까? 그리고 당시에 아버지도 제 말에 못 이기는 척 넘어갔습니다. 결국 아버지도 철문방의 연락 때문에 껄끄러워서 도와주기가 꺼려졌던 거잖습니까!"

"험, 험! 그, 그건 그렇다만……."

황태춘이 헛기침을 하며 슬쩍 시선을 돌린다. 그리고 황개형이 생각이 정리가 되었다는 듯 눈을 내리깔고 말했다.

"이건 아무리 봐도 이번 기회에 우리를 어찌해 보려는 심산인 게 분명합니다."

"음?"

"생각해 보십시오. 담씨세가의 힘이 우리가 생각했던 것보다 대단한 건 분명합니다. 하지만 처주부에 있는 현만 해도 아홉 개, 당연히 우리 같은 방파도 아홉 개지요. 담씨세가를 빼도 여덟 곳입니다. 아무리 담씨세가가 대단해도, 그 여덟 개 방파를 죄다 처리할 수 있겠습니까? 어림도 없지요!"

"그, 그렇기는 하다만……."

황태춘이 떨떠름한 표정으로 고개를 끄덕였다. 하지만 뭔가 불안한 기분이었다.

"게다가 이 서신은, 그들이 오는 게 아니라 우리에게 오라고 말하고 있습니다. 마치 명령하듯이 말입니다. 이건 결국 미리 기를 죽여놓겠다는 얘기지요. 오지 않으면 마치 불이익이 있을 것처럼 말한 것도 같은 맥락입니다. 절대 넘어가서는 안 됩니다. 여기에 협력할 방파가 몇이나 되겠습니까? 그럼 결국 처주부 전체의 의견이 모이지 않는 겁니다. 아버지도 비산문에 연락을 해서 절대 가지 말라고 미리 이야기해 두십시오."

비산문은 송양현에 있는 방파로, 수창현의 제운방과는 지리적으로 가까운 덕에 꽤나 친분이 깊은 곳이었다.

아들의 말에 황태춘이 천천히 고개를 주억거렸다. 여전히 마음 한편에 묘한 불안감이 남아 있었지만, 듣고 보니 꽤 그럴싸했다.

"그래, 당장 연락을 띄워야겠구나."

"두고 보십시오. 제 말이 맞을 겁니다."

10장
담기령의 인연

"지금 당장 가자니? 그게 무슨 말이냐?"

한 중늙은이가 깜짝 놀란 목소리로 물었다. 중늙은이의 앞에는 묘령의 여인이 서 있었다. 갸름한 얼굴에 오뚝한 콧날, 그리고 동그란 두 눈에 맑은 눈동자가 자리하고 있는 누가 봐도 고개를 주억거릴 정도의 미인. 그런 여인이 굳은 표정으로 중늙은이와 눈을 마주치고 있었다.

중늙은이는 처주부 청전현의 명도문 장문인 도제경이었고, 여인은 그의 하나밖에 없는 제자 이석약이었다.

"방금 하운보에 들렀다 오는 길이에요."

하운보는 청전현에서 가장 큰 상단으로, 명도문과는 오래전부터 친분이 깊은 곳이었다.

"하운보야 원래 볼일이 있어서 가지 않았느냐? 그게 지금 당장 용천현으로 가는 것과 무슨 상관이 있단 말이냐. 담씨세가에서의 모임은 아직 스무 날이나 남았다."

명도문이 있는 청전현은 처주부에 속해 있었으니, 명도문에서도 당연히 담씨세가의 초대를 받은 참이었다. 그리고 명도문은 짧은 회의 끝에 모임에 참가하기로 결론을 내려놓은 상태였다.

그런데 문파를 이어받을 제자가 지금 당장 떠나자고 하니 왜 이러나 싶은 것이다.

"서신의 내용이 심상치 않았다는 건 사부님도 느끼시죠?"

"그렇지. 그러니까 참석하기로 결정하지 않았느냐?"

"그런데 오늘 하운보에서 이야기를 들어보니, 그 서신의 내용이 단순한 협박이 아니었어요."

도제경의 얼굴이 일순 심각하게 변했다. 하운보는 청전현 전체를 아우르는 상단이니 당연히 소문에도 밝았다. 뭔가가 있는 것이 분명했다.

"그래, 일단 들어나 보자꾸나."

"담씨세가의 소가주가 처주부 부도에 들렀다고 하더군요. 그리고 며칠 후 부도에는 한 가지 소문이 퍼졌대요. 담씨세가에서 처주부를 약탈하는 왜구 문제를 해결할 거라는 소문이요."

"담씨세가에서 우리를 압박하기 위해 미리 소문을 퍼트린 걸 수도 있지. 그런 소문이 퍼졌는데, 우리가 참석하지 않았다면 우리는 명분을 잃게 될 테니까."

"그런데 그것만이 아니에요."

도제경의 새삼스러운 표정으로 이석약을 보았다. 그러고 보면 이석약이 별것 아닌 일로 이렇게 호들갑을 떨 리가 없었다.

"그럼?"

"부도 인근 보길사라는 절이 있었는데, 그 절 주지가 구흥방이라는 곳과 짜고 뭔가 일을 꾸몄다고 하더군요. 그 일을 조사했던 섭문경 지부가 부도의 각 상단에서 무인들을 요청해 그놈들을 일망타진했고요. 그런데 문제는, 그 일의 중심에 담기령 그가 있었다고 해요."

"음!"

도제경의 얼굴이 한층 심각하게 변했다. 그가 알기로 섭문경은 보통 사람이 아니었다. 그런 섭문경이 중요한 일을 하는 데 담기령을 내세웠다는 것은 아주 의미가 있는 일이었다.

"설마, 그 왜구의 이야기가 단순히 만들어 퍼트린 소문이 아니라 사실이란 말이냐?"

"예, 그런 거 같아요. 하운보 보주께서, 영녕계에서 확실한 이야기를 들어봐야 된다고는 했지만 따로 들은 소문이 또 하나 있더라고요."

"무슨 소문?"

"영녕계 장계인 유제광 상주가, 담기령이 부도에 있을 때 자신의 집으로 초대했는데 바쁜 일이 있다며 곧장 부도를 떠났다더군요."

그 정도까지 구체적인 소문이라면, 상당히 진실에 가까운 이야기라는 뜻이었다.

"초대를 거절했다는 건?"

"처주부 전체를 아우르는 영녕계의 초대를 거절하는 건, 담씨세가가 아닌 영녕계가 아쉬워해야 할 어떤 상황이 있다는 뜻이죠."

담씨세가가 철문방의 일로 위세가 드높아졌다고는 해도, 결국은 현급 지역의 방파일 뿐이었다. 처주부 전체를 아우르는 상단 연합인 영녕계의 비위를 건드릴 정도는 아니다. 그런데도 그들의 초대를 무시했다는 것은 결국 다른 이유가 있다는 말이었다.

도제경이 잠시 머릿속으로 생각을 정리한 후 천천히 말을 이었다.

"즉, 담씨세가는 서신에서 말한 왜구들의 문제를 해결할 수 있는 구체적인 방안을 가지고 있고, 이미 섭 지부와도 이야기를 마무리했다는 뜻이냐?"

이석약이 곧장 고개를 끄덕였다.

"그렇지 않고서야 영녕계에서 먼저 담기령 그를 초대할 이유가 없고, 담기령 또한 그걸 거절했을 리가 없어요. 그렇지 않다면 그 상황이 설명이 안 돼요."

도제경이 벌떡 자리에서 일어났다.

"당장 떠날 준비를 해야겠구나."

"예, 사숙들께 연락을 하고 당장 처리해야 할 일들을 따로 정리할게요."

이석약이 굳은 표정으로 대답하며 몸을 돌렸다.

'담기령.'

머릿속으로 문제의 그 이름을 되뇌어보았다.

'내가 알던 그 담기령이 아니야.'

처주부에 자리한 아홉 개 방파들은, 지난번 철문방 사건으로 지금은 불편한 관계였지만 이전에는 함께 왜구들을 막는다는 연대감 덕분에 상당히 가까운 사이였다.

일 년에 몇 번은 한자리에 모여 논의를 하기도 하고, 서로의 불편함을 도와주기도 했었다.

그러니 각 방파의 이대에 해당하는, 가주나 방주의 아들 혹은 대제자들은 종종 얼굴을 보는 편이었다.

과거 그 자리에는 이석약도 있었고, 담기령도 있었다. 이석약은 입술을 살짝 짓씹으며 담기령을 떠올려 보았다.

자신 앞에만 서면 얼굴을 붉히며 쭈뼛거리던 소년의

모습이, 이석약이 가지고 있는 담기령에 대한 기억이었다.

그런데 실종되었다는 이야기를 들은 지 오 년만에 돌아온 담기령은, 그때와는 확실히 달랐다. 그 시간이라면 사람의 성격이 바뀔 수도 있기는 하지만, 지금의 담기령은 과거와 달라도 너무 달랐다.

물론 돌아왔다는 이야기를 들은 후, 직접 본 적은 없었다. 하지만 그가 돌아온 후, 담씨세가의 움직임이 달라졌다는 건 결국 담기령으로 인한 변화였다.

그리고 그 변화는 과거와는 아주 달랐다. 더 이상 거칠 것이 없다는 듯 과감한 행보.

'서역 너머 어딘가에 갔다 왔다고 했던가?'

소문으로 들은 담기령의 지난 오 년 동안의 행적은 그것이 다였다.

'확인해 봐야겠어.'

성격은 순하고 밝은데다 수줍음도 많았던 담기령이 과연 어떤 모습으로 변했을지 기대가 되는 한편 걱정스러운 기분이 들었다. 지난 철문방 당시 자신들의 결정은 분명 안면을 바꾼 행동이었다. 그리고 지금의 담씨세가는 그 당시의 철문방만큼이나 위세가 높았다. 그러니 그 일에 대해서 이번에 어떤 반응을 보일지 걱정이 되는 것이 당연한 일.

그러니 다른 방파들보다 먼저 가서 확인해 보아야 했다. 특히 명도문의 입장에서는 무엇보다 절실한 일이었다.

처주부에 왜구들이 들어오는 길은 영녕강 물길이었다. 그리고 그 영녕강 물길이 처음 처주부로 들어오는 곳이 바로 청전현이었다. 다시 말해, 원천적으로 왜구들을 막는다는 것은 명도문의 땅인 청전현에서 무언가를 하겠다는 뜻.

그러니 그 어떤 방파보다 명도문의 사정이 급했다.

'예전의 그런 모습이 조금이라도 남아 있으면 좋겠는데.'

이석약의 머릿속에, 과거 얼굴을 붉히던 담기령의 모습이 다시 한 번 떠올랐다.

❖❖❖

"커헉, 헉!"

격한 숨에 단내가 섞여 코로 들어온다.

'썩을! 내가 왜 이 미친 짓을……'

유춘은 진심으로 스스로의 정신 상태를 의심했다.

'나를 가지고 노는 게 분명하다!'

유춘은 한 서린 눈으로 어딘가를 응시했다.

지금 유춘이 천근같이 무거운 발을 억지로 움직이고 있

는 곳은 용천현 현도에 있는 담씨세가의 무관, 용천무관이
었다.

'무가의 책사가 되었다면, 함께할 무인들이 어떤 수련을
하는지 아는 것이 먼저다.'

지난밤, 담기령이 자신에게 와서 그 말을 하고는 곧장 이
곳 용천무관으로 보낸 것이었다.

"어이구, 이게 또 무슨 고생이냐?"

오평안과 장삼이 유춘의 좌우에 쭈그리고 앉아 딱하다는
표정을 짓는다.

그 두 사람 또한 온몸을 적신 땀에 흙먼지가 범벅이 되어
몰골이 말이 아니었다. 매일 하는 수련을 오늘이라고 해서
빠질 리는 없으니.

하지만 몰골은 말이 아닌데, 얼굴에는 고소해 죽겠다는
표정이 떠올라 있었다.

며칠 전 자신들에게 사기당한 거라느니, 그만두라느니
하던 유춘이 저러고 있으니 묘한 쾌감이 느껴졌던 것이
다.

"너, 너희들!"

유춘이 정말 울 것 같은 서러운 얼굴로 두 친구를 노려보
았다. 그 눈빛에 움찔한 오평안과 장삼이 슬쩍 다가가 유춘
의 어깨를 잡았다.

"일어날 수 있겠냐?"

"우리가 좀 부축해 줄게."

동시에 한마디씩 하며 살가운 미소를 지어 보지만, 유춘이 거의 발버둥에 가까운 손짓으로 두 사람의 손길을 뿌리쳤다.

"이, 이 자식들 두고 봐라! 내가 여기서 한 달만 버티면, 나는 담씨세가의 책사란 거 잊지 마라. 알았냐?"

"헉!"

그제야 오평안이 기겁한 표정을 지었다. 친구는 분명 친구인데, 조금 더 지나면 이 친구가 자신들보다 높은 사람이 되는 것이다.

"인마, 친구끼리 장난 좀 친 거 가지고……."

오평안이 슬쩍 뭉개고 넘어가려 했지만, 유춘이 그런 정도로 넘어가 줄 리가 없었다.

"장난은 무슨 얼어 죽을!"

오히려 원한에 찬 표독스러운 눈빛으로 두 친구를 노려본다. 한편으로는 속으로 아까 했던 생각을 다시 한 번 해 본다.

'그냥 장사나 할 걸 이게 무슨 꼴이냐?'

그때였다.

"우웨에엑!"

저편에서 누군가가 격렬하게 토해내는 소리가 들렸다.

두 눈으로 원한을 불태우던 유춘의 시선이 소리가 난 쪽으로 향했다.

'하아, 나는 그렇다 쳐도 저 사람은⋯⋯.'

시선이 멈춘 곳에는, 이세신이 바닥에 엎드리다시피 한 자세로 아침에 먹은 것들을 확인하고 있었다.

'불쌍하네.'

유춘은 그래도 소금 가게에서 일하다 보니, 이런저런 힘 쓸 일도 많았던 터라 체력이 좋은 편이었다. 하지만 저 이세신이라는 학자는, 십 년 넘게 앉아서 책만 봤다지 않는가.

'이 학사에 비하면 나는 그래도 나은 편이지.'

이세신을 보면 담기령이 자신을 상대로 장난을 치는 게 아니라는 생각도 들었다.

자신이야 소금 가게에서 일하던 점원에 불과하지만, 저 이 학사는 부도의 유명한 사학에서 십 년이 넘게 공부를 했 다지 않는가.

그런 사람까지 저렇게 굴리는 걸로 봐서는, 담기령은 아마도 진지하게 이 일을 시킨 거라는 생각이 든다. 또 한편으로는, 이세신이 저렇게 힘들어하면서도 군말 없이 하는 걸로 봐서는 필요한 일인가도 싶었다.

슬쩍 시선을 앞으로 돌렸다. 조금 전까지 장난을 치던 오평안과 장삼이 슬쩍 유춘의 시선을 피했다.

생각을 정리하고 두 친구를 보니, 자신의 목표가 무엇이었는지 떠올랐다.

"후우!"

조금 쉰 덕분인지 숨 쉬기가 조금 편해졌다.

"한 번 해보자."

의지를 다지기 위해서인지, 혹은 누군가를 향한 도전인지 모를 말을 버럭 외친 유춘이 터벅터벅 걸음을 옮겼다.

그런데 자신이 달려야 할 방향이 아니라, 이세신이 비틀거리고 있는 곳을 향해서였다.

"힘내요."

평소의 그답지 않게 격려의 말을 건넨 유춘이 손을 뻗어 이세신의 어깨를 잡았다. 그리고 이세신의 팔을 잡아 자신의 어깨에 건다.

"학사님한테 내가 마음에 드는지 안 드는지는 모르지만, 이왕 한곳에 묶였으니 같이 한 번 잘해봅시다."

"크흐흐, 고맙네."

이세신이 뭐가 그리 즐거운지 다 죽어가는 목소리로 웃음을 흘린다.

"거 웃을 힘이 있으면 발 좀 움직여요!"

유춘은 버럭 소리를 지르면서도, 이세신의 팔을 잡고 있는 손에 더욱 힘을 주었다.

그리고 나지막한 목소리로 힘주어 말했다.

"갑시다!"

터벅, 터벅!

무거운 발소리가 느리지만 규칙적으로 울렸다.

'한 달. 한 달만 버티면 된다!'

담기령은 자신들을 이곳으로 보내며 한 달 동안은 용천무관에서 수련을 하라고 했었다. 이는 거꾸로 생각하면 한 달을 못 버티면 내칠 수도 있다는 뜻.

유춘이 어깨동무를 한 이세신에게 다짐을 받듯 말했다.

"꼭 한 달 버티는 겁니다!"

이세신이 이번에도 단말마의 비명 같은 웃음을 흘렸다.

"으흐흐흐, 그래야지."

"아버지, 기령입니다. 찾으셨다고요?"

"들어오너라."

허락이 떨어지고 담기령이 담고성의 집무실 문을 열고 들어섰다.

"앉거라."

탁자에는 이미 두 개의 찻잔이 놓여 있었다. 담고성이 밤금 우려낸 찻물을 찻잔에 따르며 입을 열었다.

"그래, 용천무관에 다녀왔다고?"

"예, 이 학사와 처주무림대회에 대해서 이야기를 좀 나누었습니다."

"처주무림대회라…… 허허, 이름 한 번 거창하구나."

담고성이 괜히 쑥스러운 표정을 지었다. 자신의 세가에서 모임을 갖게 되었는데, 그런 거창한 이름이 붙으니 왠지 허세를 부리는 듯한 기분이 들었던 것이다.

"그 정도 이름은 되어야, 참석하는 이들도 긴장하게 되지 않겠습니까?"

"그런 면도 있기야 하다만……."

이유를 알고 있으면서도 여전히 적응이 되지 않는 듯, 담고성이 괜히 애꿎은 수염을 쓰다듬었다. 그리고 슬쩍 말꼬리를 돌렸다.

"그래서 이야기는 잘 끝났고?"

"예, 꼼꼼하게 준비하되 최대한 소박하게 하는 쪽으로 방향을 잡았습니다."

"하긴, 중요한 이야기를 나누는데 굳이 화려한 자리를 만들 필요는 없지."

"그런 이유도 있지만, 다른 이유도 있습니다."

"다른 이유?"

"우리가 그들을 손님으로 맞이하는 것이 아니라는 뜻이 있습니다. 우리 세가에서 중요한 일을 하는데, 그들에게 참가할 기회를 주는 자리니까요."

"흠흠, 그것도 그렇기는 하구나. 그래, 네가 알아서 잘 처리하겠지."

"예, 그런데 따로 찾으신 건 다른 이유가 있는 건가요?"

"아, 그래. 이걸 좀 보아라."

담고성이 내민 것은 반듯하게 접혀 있는 시커먼 한 장의 종이였다. 담기령이 그것을 건네받아 펼치는 사이, 담고성이 말을 이었다.

"네가 서역 너머 법국에 다녀왔다는 소문을 듣고 부탁을 했더구나. 나도 전혀 생각지 못한 곳에서 서신이 와 처음에는 많이 당황을 했었다. 어쨌든 네가 그 글자를 안다면……음? 왜 그러느냐?"

말을 이어가던 담고성이 갑자기 깜짝 놀라 물었다. 담기령이 예의 그 종이를 펼쳐 든 채 두 눈을 부릅뜨고 있었던 것이다.

"이건…… 방금 뭐라고 말씀하셨지요?"

"남궁세가에서 그 탁본에 적힌 글자를 혹시 읽을 수 있는지, 읽을 수 있다면 그 내용을 가르쳐 달라는 서신이 전해져 왔다."

"이건…….."

"도대체 왜 그러느냐?"

담고성이 답답한 표정으로 물었다.

"여기에 쓰인 내용은, '이름 없는 무인들, 이곳에 잠들다.' 입니다."

"음? 아는 글자더냐?"

"당연하지요. 제가 묘비 대신으로 써 넣었던 글자니까
요."

"뭐, 뭐?"

처음 중원으로 넘어왔던 그때, 담기령 주변에는 한가득
시신들이 쌓여 있었다. 그는 시신들을 수습해 준 후, 묘비
대신 나무 둥치에 방금의 글자를 새겨 넣었었다.

문제는 당시 담기령은 중원으로 갓 넘어왔던 때라 당연
하게 케르네스 제국의 문자로 묘비를 새겼었던 것이다.

"서, 설마 네가?"

"아니요. 지나는 길에 그들이 죽어 있는 걸 발견한 겁니
다. 아, 그러고 보니!"

번뜩하고 머릿속에 떠오르는 것이 또 하나 있었다. 당시
에 아직 숨이 붙어 있던 자가 한 사람 있었다. 그는 담기령
에게 철패를 하나 주며, 자기 가문으로 전해달라는 부탁을
남기고 죽었던 것이다.

세가에 돌아오자마자 할아버지로 오인을 받고, 생각지도
못한 할아버지 노릇을 하다가 갑작스레 철문방과 전쟁이 일
어나는 바람에 까맣게 잊고 있었던 것이다.

"잠깐 제 방으로 같이 가시지요!"

담기령이 급히 담고성을 이끌고 자신의 방으로 갔다. 그

리고 세가에 처음 왔을 당시의 소지품을 뒤져 문제의 철패를 꺼내 들었다.

"이겁니다."

"이거라니?"

"그때 죽어가던 사람이 이걸 자기 가문에 전해달라고 하고 죽었거든요. 그런데 당시에 그 가문이 어딘지 말을 못하고 죽는 바람에, 일단 가지고만 있었습니다."

담고성이 문제의 철패를 받아들고 천천히 살펴보았다.

"이게 남궁세가의 물건이라는 건가?"

담고성도 남궁세가의 물건인지 아닌지는 알 수 없었다. 대강의 짐작으로만 그리 말을 할 뿐.

"하, 참 희한하게 인연이 이어지는군요."

담기령이 재미있다는 듯 중얼거렸다. 중원으로 처음 왔던 그날 우연히 스친 인연이, 이런 식으로 이어지니 신기할 따름이었다.

"어쨌든 그 철패를 남궁세가에 전해주기만 하면 되겠네요."

"그래, 그러자꾸나. 그런데 이 뒤에 이건 무엇이냐?"

담고성이 철패의 뒷면을 가리키며 물었다.

"그때 죽은 그 사람이 칼로 새겨 넣었던 겁니다."

"일종의 흑화인 모양이구나."

외부인에게는 알리지 말아야 할 내용을 글로 전할 때 쓰는 것이 흑화(黑話)였다.

"뭐 우리가 그 내용을 알 길은 없지요. 어쨌든 서신으로 당시 상황과 이 철패만 보내주면 끝날 일입니다."

그런데 철패의 앞면을 살피는 담고성의 표정이 뭔가 심상치가 않았다.

"왜 그러십니까?"

"이 문양을 언젠가 본 것 같은데?"

"남궁세가의 문양인 모양이죠."

담기령이 대수롭지 않게 말을 했지만, 담고성은 고개를 저었다.

"남궁세가와 따로 연을 맺은 적이 없으니 하는 말이다."

"그래요?"

담기령의 표정이 신중하게 변했다.

"한 번 잘 생각해 보세요."

담고성은 한참 동안 철패를 들여다보며 곰곰이 기억을 더듬었다. 하지만 결국 고개를 저었다.

"도통 기억이 나지 않는구나."

"으음……."

담기령은 팔짱을 낀 채 잠시 생각에 잠겼다. 이런 식의 어긋난 상황의 결론은, 대부분 모종의 음모로 나타나기 때문이다.

짧은 고민 끝에 결정을 내린 담기령이 담고성에게 말했다.

"일단 남궁세가에는 서신을 보내 모른다고 말하도록 하지요."

"음?"

"뭔가가 이상하니 괜히 이런 것을 밖으로 내보일 필요는 없을 것 같아서요. 흑화의 내용이 뭔지는 몰라도, 어쨌든 비밀스러운 내용입니다. 그리고 비밀이라는 것은 남에게 알려져서는 안 되는 것이고, 누군가 그것을 안다는 것은 좋은 결론이 나지 않습니다. 이건 제가 따로 보관해 놓고, 이 철패에 대해서는 차차 알아보는 게 좋을 것 같습니다."

"그래, 아무래도 그래야겠구나."

남궁세가라면 무림을 대표하는 네 가문, 무림 사대세가 중 하나였다. 그런 곳과 음모의 냄새가 풍기는 일로 얽히는 것은 좋지 않았다.

"알았다. 내 남궁세가에는 알지 못한다고 서신을 보내도록 하마."

"예, 그렇게 해주십시오."

"아버지, 형님!"

담기명의 악을 쓰는 듯한 외침에 담고성과 담기령이 깜짝 놀라 집무실 밖으로 뛰어나왔다.

"왜 그러느냐? 무슨 일이 있느냐?"

담고성의 물음에 담기명이 턱까지 차오른 숨을 채 가라 앉히지도 못한 채 급히 말했다.

"헉, 허! 와, 왔습니다. 헉헉!"

"오다니? 누가?"

"명도문, 명도문이요!"

담기령과 담고성이 동시에 고개를 갸웃거렸다. 명도문이라면 청전현에 있는 문파가 아닌가.

그들에게 배첩을 보내기는 했지만, 처주무림대회까지는 아직 보름이나 남아 있었다.

"이렇게 빨리?"

"그, 그게 그러니까……."

억지로 말을 하려던 담기명이 결국 포기하고 한참 동안 숨을 가다듬었다.

"제가 용천무관에서 수련을 하고 있는데, 갑자기 누가 손님이라고 찾아온 겁니다. 용천무관에서 손님을 맞이할 사람이 저밖에 없잖아요. 그래서 나가봤더니, 명도문의 도 장문인과 이석약 소저, 그리고 도 장문인의 사제 두 사람이 와 있는 거예요."

담기령은 담기명에게 팔황불괘공과 팔황철굉도를 가르칠 생각이었다. 그래서 그 무공을 배우기 전에 먼저 익혀야 할 기갑무와 철격을 가르치기 위해, 용천무관에서 무인들과 함께 수련하도록 시켰었다.

그리고 그 덕분에 담기명이 무관에서 손님을 맞이할 수 있었던 것이다.

"그들이 용천무관에는 무슨 일로?"

담고성이 이해 못할 얼굴로 물었다. 용천무관이 담씨세가의 시설은 분명하지만, 무인들의 수련장일 뿐 손님을 맞이하는 곳은 아니었다.

대답은 담기령의 입에서 나왔다.

"소문을 들었겠지요. 그리고 어떤 무공을 가르치는지, 세가 무인들의 수준이 얼마나 되는지를 미리 확인해 두고 싶었던 모양입니다."

"가능성이 있는 이야기구나."

명도문은 담씨세가를 견제하든, 혹은 담씨세가에 협조를 하든 입장을 정해야 했다. 그것을 위해서 상대가 가진 힘을 미리 알아보는 것은 어찌보면 당연한 과정이었다.

"그래서 무인들의 수련 모습을 그들이 보았느냐?"

"예. 어차피 외부인들이 가끔 드나드는 곳이기도 해서 별로 상관은 없을 거라 생각했습니다."

"하긴, 지금은 누가 본다고 문제가 되는 상황은 아니니. 그래서 그들은 지금 어디에 있느냐?"

"예, 객잔에 묵었다가 모임을 가지는 날 담가숭택으로 오겠다며 돌아갔습니다."

고개를 끄덕인 담기령이 담고성 쪽으로 시선을 돌리며 물었다.

"어찌하시겠습니까?"

"글쎄다. 우리가 청한 날짜는 아니지만, 그래도 손님이 니 장원으로 오라고 하는 게 낫지 않을까 싶구나."

담고성의 말에 담기령이 주변을 살핀 후 작은 목소리로 말했다.

"아버지, 전에도 말씀드렸다시피 우리는 저들과 동등한 위치가 아닙니다. 그러니 항상 남을 배려하는 성격도 조금은 덜 보여주시는 게 좋을 것 같습니다."

"그럼 너는 어찌하는 게 좋겠느냐?"

"당연히 객잔에 묵다가 처주무림대회가 열리는 날 장원으로 들어오도록 해야지요. 하지만 우리의 초청으로 온 길이니, 무조건 내치기는 애매합니다. 그러니 담평객잔에 방을 내주는 게 어떻겠습니까?"

담평객잔에 묵게 하면 편안한 숙식을 제공하면서도, 함부로 세가의 장원에는 아무 때나 들어올 수 없다는 인상을 심어줄 수가 있었다.

"괜찮은 생각이구나."

그때 담기령이 담기명의 묘한 시선을 느끼고는 고개를 갸웃거리며 물었다.

"왜 그러느냐?"

"에이, 형님. 생각 안 나세요?"

"무슨 생각?"

"이석약 소저 말입니다. 예전에 형님이 이 소저 앞에만 서면 얼굴이 벌게져서 몸을 배배 꼬았었잖아요."

"음?"

예상치 못한 이야기에 담기령이 흠칫 고개를 갸웃거린다. 그리고 과거 할아버지의 이야기를 떠올렸다.

「이 할아버지가 중원에 있을 때, 중원 최고의 미녀들이 이 할아버지를 한 번 만나고 싶어서 노심초사했었지.」

「헤헤, 누가 할아버지를 안 좋아하겠어요?」

「예끼, 이놈. 누가 이 할아버지한테 그렇게 듣기 좋은 말을 하라더냐?」

「진짜 그렇게 생각해요!」

「허허, 아무튼. 그중에서도 이석약이라는 이름의 소저가 있었는데 말이다.」

「이석약이요?」

「하하, 그래. 그 소저가 어찌나 이 할아버지를 쫓아다니던지, 정말 밥도 제대로 못 먹을 정도였단다.」

'이럴 줄 알았습니다.'

역시 허풍이었다. 이석약과의 관계는, 할아버지가 그녀

를 사모했던 게 분명했다.

'나는 만나서 뭐라고 해야 되는 거지?'

할아버지의 허풍으로 인해 과거의 내용을 왜곡된 채로 알고 있는 담기령이었다. 하지만 문제는 지금 당장 이석약을 만나야 하는 사람은 담기령 자신이라는 점이었다.

잠시 고민하던 담기령이 작은 목소리로 물었다.

"그럼 그 이석약 소저는 그런 내 마음을 알고 있었느냐?"

"에이, 그때 당시에 그걸 모르는 게 더 이상했죠. 크흐흐, 형님이 얼마나 몸을 배배 꼬시던지……."

"험험! 이 형은 기억에 없구나."

"진짜요?"

"그, 그럼 진짜지."

그때 담고성이 불쑥 끼어들었다.

"령아."

담기명의 괜한 소리에 곤혹스러워 하고 있던 담기령이 이때다 싶어 냉큼 대답했다. 아마도 자신의 곤혹스러운 모습이 딱해 보여서 도와주려는 모양이었다.

"예, 아버지."

"네가 내려가서 도 장문인과 일행들을 담평객잔으로 모시는 게 좋겠구나."

"제, 제가요?"

담기령을 도와주려는 게 아니라, 담기명과 함께 곤경에 빠트리고 싶었던 모양이다.

"이 아비는 처리할 일이 남았고, 네 동생은 다시 수련을 해야 되지 않느냐. 그러니 그 일을 할 사람이 너밖에 없구나."

담기령이 저도 모르게 입맛을 다시며 슬쩍 눈을 내리깔았다. 물론, 얼굴 한 번 본 적 없는 이석약에게 마음이 있다거나 한 것은 아니었다. 다만, 과거에 할아버지가 저지른 일을 지금의 자신이 감당해야 한다는 것이 부아가 치밀 뿐.

한참 동안 입맛을 다시던 담기령이 무거운 발걸음을 옮겼다.

"예, 제가 담평객잔으로 안내해 주고 오겠습니다."

"형님, 같이 가시죠!"

방금 전, 용천무관에서 수련을 해야 한다던 아버지의 말을 말끔하게 잊고, 담기령의 난감해하는 표정을 구경하고 싶은 담기명이었다.

담기령이 곧장 대답을 해주었다.

"너는 용천무관에서 수련을 마저 해라. 특히, 오늘은 현도에서 여기까지 오느라 시간을 많이 빼먹었으니, 빼먹은 수련을 다 채우고 자야 한다."

"혀, 형님!"

담기명이 깜짝 놀라 비명을 질렀지만, 담기령은 이미 걸음을 옮기고 있었다.

〈『무림영주』 제3권에서 계속〉

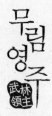

1판 1쇄 찍음 2013년 3월 5일
1판 1쇄 펴냄 2013년 3월 8일

지은이 | 윤지겸
펴낸이 | 정　필
펴낸곳 | 도서출판 **뿔미디어**

편집장 | 이재권
기획 · 편집 | 심재영
편집디자인 | 이진선
관리, 영업 | 김기환, 임순옥

출판등록 | 2002년 9월 11일 (제081-1-132호)
주소 | 부천시 원미구 상3동 533-3 아트프라자 503호 (우)420-861
전화 | (032)651-6513 / 팩스 032)651-6094
E-mail | bbulmedia@hanmail.net

값 8,000원

ISBN 978-89-6775-213-2 04810
ISBN 978-89-6775-211-8 04810 (세트)